PESCIROSSI
NARRATIVA

PESCIROSSI

SAMUEL GIORGI
OGNI COSA AL SUO POSTO

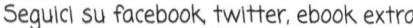
Seguici su facebook, twitter, ebook extra

© 2014 goWare, Firenze
in accordo con Thèsis Contents Agenzia Letteraria, Firenze-Milano

ISBN 978-88-6797-292-0

Copertina: Lorenzo Puliti
Redazione: Serena Di Battista
Impaginazione: Lorenzo Puliti

goWare è una startup fiorentina specializzata in digital publishing
Fateci avere i vostri commenti a: info@goware-apps.it
Blogger e giornalisti possono richiedere una copia saggio
a Maria Ranieri: mari@goware-apps.com

Le piante matte

Non ne sono tanto convinto. Il dottore dice che mi farà bene. Scrivere, insiste, devo provare a scrivere. Dice che mi aiuterà a ricordare e a guardare negli occhi l'oggetto del mio malessere, della mia angoscia. Solo così potrò prenderne le distanze. Sarà.

In vita mia, più che i verbali di servizio, non ho scritto molto altro. Niente di originale e creativo, oltretutto. Ma forse quello che mi ha chiesto non è tanto diverso da un rapporto di lavoro.

Lo scrivere, comunque, si trova in cima alla lista delle cose in cui ho sempre fatto più fatica. Fin dai tempi della scuola. Non ci sono portato, è più forte di me: con la penna in mano mi si blocca il cervello, ci metto ore a buttare giù anche solo una frase. Mi hanno detto che ho la sindrome da pagina bianca. Non so se è davvero bianca: a me, in testa, diventa tutto nero quando ci provo. Intendiamoci: non è che le parole non le sappia usare, a parlare ci riesco più che discretamente. Anche perché un poliziotto deve saperlo fare con la gente, non è come per un vigile che se ne sta tutto il giorno in mezzo alla strada ad agitare le braccia e al massimo gli tocca scrivere i numeri delle targhe sul quaderno delle multe. Un poliziotto della Mobile (come è stato il sottoscritto) di parole ne usa e ne sente parecchie. Per anni, per tutta una vita, e anche oltre. Parole collegate a cose che non gli tocca solo sentire. Sono tante anche quelle (parecchio assurde, talvolta) che un poliziotto è costretto a vedere. Tante, troppe.

E con tutte queste cose il poliziotto, anche quando finisce d'essere un poliziotto, deve tentare di conviverci. Almeno fino a quando loro stesse decidono di andarsene, di lasciarlo in pace.

Nel mio caso, invece, a oltre un anno dal pensionamento, molte delle storie che ho collezionato in oltre quarant'anni di onorato servizio, non vogliono affatto fare la valigia e lasciarmi godere la meritata pensione. Non ci pensano neppure.

È per questo che ho cominciato ad andare dal dottore. Non ce la faccio più a svegliarmi la notte, a sentirmi bisbigliare alle spalle, a sospettare di chiunque, a cercare con la mano il calcio di una pistola che non posso più portare. Non si può vivere in questo modo. È per questo che ho deciso di provarci. Non so dove mi porterà, ma non credo di avere alternativa. Di sicuro non voglio imbottirmi di farmaci o di alcol come molti miei colleghi. O anche peggio. Al limite perderò un po' di tempo, che però in questa fase della mia vita è un bene di cui dispongo in abbondanza.

Ho riflettuto a lungo, prima di scegliere da dove cominciare a raccontare. E ho concluso che potrei tentare con uno dei peggiori fantasmi che frequentano i miei sogni. Ho trovato anche un titolo per questa storia: la chiamerò "Il giardiniere e le piante matte".

Comincio col dire che questa è una di quelle storie che fanno passare la voglia di fidarti del prossimo, addirittura del vicino di casa, fino a farti pensare di vendere casa e andare a rifugiarti il più lontano possibile, su un'isola deserta, magari.

Da un punto di vista tecnico, non è stata una vicenda particolarmente complicata. Nessun mistero paranormale, nessun intrigo internazionale. Tuttavia, era una vicenda nella quale non era coinvolta una ristretta cerchia di persone, come di solito avviene nei casi dei quali si occupa la polizia.

Come ad esempio, un dramma familiare, una questione di mafia, uno scontro tra bande giovanili, oppure due tizi che decidono di regolare i propri conti ponendo fine alle reciproche esistenze.

No. Il caso del giardiniere coinvolgeva almeno cinque vallate e decine di paesi tra il Trentino e l'Alto Adige.

Ma andiamo con ordine.

2

Lo spunto per le indagini lo diede Stefano Belletti, giornalista di cronaca del quotidiano locale L'Adige, dopo aver raccolto la confidenza di un sacerdote, don Giorgio Battistoni. Quest'ultimo gli aveva segnalato le proprie perplessità in merito all'improvvisa e prematura scomparsa di due sue parrocchiane. Si trattava, a prima vista, di due banali incidenti domestici.

Le donne si chiamavano Marta Siccardi, sessantacinque anni, residente a Fondo, e Rina Milcher, sessantotto, di Malosco. Entrambe erano in piena salute, attive, generose. Entrambe erano impegnate nelle rispettive comunità: la prima in oratorio, l'altra nel coro alpino e nella proloco.

Questo non voleva dire che due persone perbene e timorate di Dio non potessero scivolare nella perdita di acqua della lavatrice e fracassarsi il cranio contro il bordo della vasca da bagno. O, persino, mettere il dito tra i fili scoperti della prolunga difettosa del ferro da stiro e restarci fulminate secche. Cose del genere possono capitare a chiunque, in qualsiasi parte del mondo.

Eppure, don Giorgio aveva sentito puzza di bruciato. E non la stessa puzza che aveva prodotto la corrente elettrica attraversando il corpo di Rina Milcher. Quella, piuttosto, l'avevano sentita i suoi vicini di casa che per diversi giorni non se la sarebbero levata dal naso e dalla gola.

Il fatto era che don Giorgio aveva dovuto fare i conti con una strana sensazione, spuntata fuori dopo aver parlato con don Enzo Canevari di Revò.

I due prevosti si erano trovati la terza domenica di Quaresima a inumidirsi la gola con il groppello prodotto dal cognato di don Enzo. Un sorso dopo l'altro se n'erano andate due bottiglie e i discorsi erano diventati frasi sempre più lente e impastate, con dosi sempre più massicce di dialetto nonese infarcito di malinconia. In breve, si era creata un'atmosfera nella quale sarebbe stato difficile evitare di dedicare qualche ricordo alle persone che non c'erano più. Fu così che finirono per parlare di tutte quelle parrocchiane defunte.

Già, perché non era capitato solo a don Giorgio.

Quegli stupidi incidenti, soprattutto negli ultimi anni, stavano diventando troppo frequenti, aveva sbottato don Enzo con un singhiozzo. Solo un anno prima, gli era toccato dire messa per Giuseppe Mascazzini, morto nell'esplosione della stufa a gas che aveva installato nel seminterrato dove lavorava il legno. Mascazzini era un artigiano, costruiva piccoli mobili e stoviglie in legno massello intarsiato. Per puro caso, il fratello gemello, Marcello, era rimasto illeso: appena prima di entrare nel locale, gli era squillato il telefono e siccome lì sotto il cellulare non piglia mai, si era messo a parlare nel giardinetto davanti a casa. Il botto, riferì dopo essersi ripreso dallo shock, sembrava aver fatto sobbalzare di almeno un metro l'intero edificio, che poi era ripiombato a terra con un tonfo che aveva sbuffato una nube di polvere e fumo alta decine di metri, fin oltre le cime appuntite dei pini.

Ma prima e dopo la storiaccia di Mascazzini, ce n'erano state altre ancora in diverse parrocchie a sentire gli altri sacerdoti. Ne avevano parlato giusto il mese prima, durante il ritiro di Gargnano, giù al lago di Garda. Don Giorgio faceva fatica a ricordare i dettagli di quei discorsi, il groppello lo stava annebbiando. Avrebbe voluto sdraiarsi sul divano e appisolarsi dieci minuti, solo dieci, una mezzora al massimo, per ripigliarsi e tornare in canonica in tempo per il battesimo, alle tre e mezza.

Don Enzo, invece, ricordava tutto. Gli altri avevano detto che negli ultimi tempi (e sempre più spesso) si erano trovati a concedere l'estrema unzione a brave parrocchiane decedute accidentalmente tra le mura di casa. Sembrava non si potesse stare tranquilli neppure lì. Qualcuno aveva commentato che sembrava quasi che la gente non tenesse più alla propria vita, che oramai si viveva così, distrattamente, rimbambiti dalla televisione o semplicemente dalla noia.

Era curioso, però, che si trattasse solo di donne. Ultrasessantenni, o giù di lì. Povere anime che si erano lasciate alle spalle tristi mariti decisamente più anziani di loro, ora costretti a doversi occupare di se stessi e delle case rimaste vuote. Schiere di vedovi curvi e imberrettati che avrebbero trascorso ancora più tempo sui tavoli dei bar dei loro stinti e deserti paeselli.

3

Era stato dopo la funzione battesimo, mentre sistemava la sacrestia, ormai quasi smaltito il groppello, che don Giorgio aveva cominciato a sentire quella strana fitta allo stomaco. Non era colpa del vino, ma del continuo pensare alla storia degli incidenti domestici. Da quando aveva salutato don Enzo, le sue parole avevano cominciato ad agitarsi nella sua testa e nello stomaco.

Possibile che così tante donne si fossero ammattite, vittime di un'epidemia di attacchi di demenza senile? Che d'un tratto non fossero state più capaci di badare a se stesse, distratte a tal punto da lasciarsi morire in modo tanto stupido? Forse, si disse, stava esagerando: in definitiva questi incidenti erano avvenuti in un arco di tempo piuttosto lungo, almeno cinque anni. Cinque. E più lo ripeteva, più si convinceva che forse erano tanti, troppi. Almeno una decina mettendo insieme i racconti degli altri sacerdoti.

Aveva senso starci a rimuginare sopra, con tutte le disgrazie che stavano accadendo nel mondo, con tutti i problemi dei quali si doveva occupare? Fare il prete in un paese di anziani e montanari (almeno durante la brutta stagione) è più complicato di quanto possa sembrare alla gente.

Ma forse sì, forse aveva senso.

Fu qualche giorno dopo che a don Giorgio venne in mente Stefano Bellettai, il figlio del bibliotecario di Fondo, giornalista professionista impiegato all'Adige di Trento.

Non voleva andare dalla Polizia locale. Lui e Marinotti, il Comandante della caserma, non si filavano troppo e non solo perché quello era fascista fino al midollo. Senza rivangare vecchie faccende oramai morte e sepolte, diciamo che meno lo vedeva, meglio stava, con buona pace della sua sacrestana che stravedeva per il corpo dei vigili.

E allora, perché non chiedere consiglio a un giovane sveglio e istruito come Stefano, che si occupava proprio delle storie di cronaca nera, almeno le poche che capitavano in quelle valli dimenticate dagli uomini, se non anche dal Signore?

Bellettai padre organizzò l'incontro tra don Giorgio e il figlio in biblioteca, di mattina durante l'orario di chiusura. Se la sbrigarono in fretta. Stefano era un tipo decisamente sovrappeso, grasso a essere sinceri, molto di più di quanto don Giorgio ricordasse, con addosso un completo grigio anonimo e fuori moda, e una cravatta inguardabile. Quando iniziò a parlare, tuttavia, gli ispirò fiducia, pareva sapesse il fatto suo. Disse che avrebbe svolto qualche ricerca, che in effetti la cosa era bizzarra, ma che nessuno, nemmeno la Polizia, ci aveva mai fatto caso. I decessi non erano mai stati collegati tra loro.

Forse erano solo coincidenze, tristi e sfortunate coincidenze. Ma controllare non sarebbe costato nulla.

Stefano promise che non avrebbe scritto niente. Almeno per il momento. Se fosse saltato fuori qualcosa di anomalo, allora si sarebbe potuto (a quel punto anche dovuto) riportare la faccenda sul giornale. Per ora, quindi, solo qualche ricerca, in modo assai discreto.

❧ 4 ❧

A Stefano servirono due settimane. Dopo le quali si diedero di nuovo appuntamento in biblioteca. Stavolta il padre non si presentò. C'era solo Mariangela Sicher, nascosta dietro il bancone a plastificare tessere per i nuovi iscritti.

Che Stefano non si fosse presentato a mani vuote, don Giorgio glielo lesse subito in faccia: quello che aveva trovato gli doveva aver fatto passare almeno una notte in bianco. Il sacerdote gli chiese se la situazione fosse grave. Stefano non rispose, disse solo che aveva verificato, che era andato in giro a fare qualche domanda e aveva scoperto che gli incidenti non erano una decina come aveva pensato don Giorgio. No: gli incidenti di quel tipo, nei cinque anni che aveva esaminato, erano stati almeno una ventina.

Tutte donne con più di sessant'anni. Nessuno si era mai insospettito. Certo, sottolineò Stefano, la cosa poteva essere anche comprensibile: erano accaduti al ritmo di quattro all'anno in diversi paesi della regione, tranne forse per le due signore lì a Fondo. Forse troppo poco per insospettire. Stefano continuò spiegando che le indagini avevano sempre confermato l'accidentalità delle morti. Anche i parenti non avevano mai sollevato alcuna perplessità.

Tutti tranquilli e contenti? Così pareva.

Stefano provò a chiedere a don Giorgio cosa non lo convincesse in quella storia. Lui rispose che neppure lui lo sapeva, che era solo una sensazione. Marta e Rina le conosceva fin troppo bene, non erano due sbadate. Erano sempre state puntigliose e ordinate. In questo si assomigliavano persino. Perfezioniste fino alla nausea, in qualsiasi cosa facessero, dall'organizzare la festa tradizionale dei vouti, al raccogliere fondi per una missione africana: lo erano e lo pretendevano da tutti quelli che avevano a che fare con loro, tanto da rendersi persino antipatiche. No, a don Giorgio non andava proprio giù: due donne così non potevano essere morte in un modo tanto stupido.

Stefano Bellettai non sapeva che altro dire. Più di così non avrebbe potuto fare. Andare a intervistare la gente non gli sembrava cosa utile e comunque non ne avrebbe avuto il tempo. L'unica a questo punto era tentare davvero con la Polizia. Propose di parlarne con un agente della Mobile di Trento che aveva conosciuto a una conferenza stampa e che gli era sembrato una persona di cui potersi fidare. Don Giorgio acconsentì e, se anche questo non avesse dato alcun risultato, voleva dire che si sarebbe messo il cuore in pace, che le sue erano state solo inutili paranoie da vecchio e rintronato prevosto di montagna.

Fu così che arrivarono al sottoscritto.

Confesso che la prima reazione di fronte a quelle due controfigure di Stanlio e Ollio era stata di spedirli da Manlio Martini, l'appuntato della segreteria, al quale riservavo la cura di tutte le cretinate che piombavano sul commissariato. Povero Martini.

A ogni modo, il ciccione insistette per parlare con me. Era una cosa troppo delicata, disse. Lo ascoltai distrattamente, cercando qualsiasi appiglio per attivare l'opzione Martini, fino a quando non intervenne il prete.

Gli era venuta in mente una cosa che fino a quel momento non gli era sembrata importante, che non aveva detto neppure a Bellettai. E qui, prima di dire qualsiasi altra cosa, si bloccò di nuovo, come in cerca delle parole giuste.

«Mi dica pure» lo spronai dopo un po'.

«Vede» riprese don Giorgio «sentendo anche gli altri sacerdoti, la cosa che sorprende di più è che nessuno dei mariti ha pianto durante la cerimonia. A volte accade, ci sono persone che non riescono a piangere in occasione di una perdita. Soprattutto di fronte agli altri. Accade. Ma questi signori, e intendo proprio tutti, avevano l'aria quasi soddisfatta, come se si fossero liberati di un peso».

«Non avete considerato» provai a dire «che si tratta di persone piuttosto anziane e che...».

«Non creda, sa. Avere settant'anni, al giorno d'oggi, non è più niente, soprattutto dalle nostre parti, lei lo dovrebbe sapere, la fatica di tanti anni di lavoro, invece che consumarti, talvolta ti rende più resistente al tempo. Questi sono uomini che hanno davanti almeno altri vent'anni di vita.»

«Cosa credete sia accaduto, allora?»

«E che diavolo ne so!» sbottò don Giorgio. «Lo sapessi non saremmo qui, saremmo in un'aula di un tribunale. Non crede?»

«Senza alcun dubbio. Quindi, cosa volete che faccia?»

Don Giorgio si stava spazientendo. Sbuffò.

Io lo ero già da un pezzo. Avevo diverse cose da fare, molto più importanti e urgenti delle loro insulse fantasie. Stavo per alzarmi e congedarli, quando il giornalista alzò l'indice grassoccio e disse: «Ci sarebbero ulteriori elementi che rendono la vicenda quantomeno bizzarra. Non è granché, ma è emerso parlando con il personale dei pronto soccorso e con qualche agente della polizia locale. Sono più che altro impressioni e vaghi ricordi» mentre parlava recuperò dalla borsa di pelle un blocco con la copertina giallo canarino, e cominciò a sfogliarlo. «Ecco qui, non trovavo l'appunto: ci sono almeno due strane coincidenze. La prima» puntò il dito in verticale sulla pagina, come per non farsi sfuggire le parole scritte «è il periodo nel quale sono accaduti i cosiddetti incidenti. Primavera e autunno, nei mesi di maggio e ottobre, due all'anno, sempre e solo in questi due mesi, nell'arco di cinque anni. La seconda coincidenza è che le donne si trovavano in casa sempre da sole, mai nessun amico, parente, neppure gli stessi mariti».

«E questo significa nessun testimone» aggiunsi io tanto per dire qualcosa.

«Infatti» continuò Bellettai illudendosi di aver ottenuto la mia attenzione «e se a questo aggiungiamo che nei verbali della Polizia viene riportata la stessa fascia oraria, ovvero dalle tre alle cinque del pomeriggio, il nostro quadro comincia a farsi piuttosto interessante. O sbaglio?».

«Non saprei. Le hanno per caso riferito se sia stata rilevata la presenza di qualche estraneo? Qualche impronta non attribuibile ai normali frequentatori degli alloggi?»

«No, ispettore, niente di niente. Tutto pulito. Anche questo è significativo, non crede?»

No, non lo credevo affatto. Continuavo a essere poco convinto che ci fosse qualcosa di strano dietro queste morti. Ammetto di nuovo che a mantenere le mie perplessità giocava l'aspetto dei miei due interlocutori. Me ne resi conto e allora provai a concentrarmi un po' di più, proprio per non cacciarli via in malo modo.

Feci la cosa che di solito mi aiuta a ragionare e mettere in ordine le idee. Gli chiesi di pazientare un istante, mi alzai e andai a sedermi all'altra scrivania, dalla parte opposta dell'ufficio. Presi qualche foglio bianco dalla stampante e cominciai a tracciare lo schema delle parole chiave emerse dalla nostra chiacchierata. Alla fine, avevo solo due elementi cerchiati. Non molto, a dire il vero, ma forse qualcosa. Se non ci fossero stati neppure quelli, li avrei salutati augurandogli buona fortuna.

Quello che stonava in tutta la faccenda erano due annotazioni: il fatto che i mariti non avessero versato alcuna lacrima e la coincidenza della cadenza degli incidenti, le stagioni e l'orario.

«Facciamo così» dissi alla fine «ci diamo appuntamento fra un mese. Nel frattempo procederemo con dei controlli più accurati. Non vi assicuro nulla, ma se dietro questa vicenda c'è qualcosa di storto, lo porteremo alla luce. D'accordo?».

«Così tanto? Un mese?» sbottò don Giorgio.

«Reverendo, non sappiamo di cosa si tratti. Noi non siamo la Polizia di New York, neppure quella di Milano o di Roma, e abbiamo pochi agenti. Oltretutto, capitate in un periodo di particolare tensione, abbiamo almeno cinque grosse indagini in corso. Un mese è il minimo che dovrete concedermi per farvi sapere qualcosa.»

5

Dopo aver salutato il prete e il giornalista, illustrai la cosa al mio superiore, e affidai le indagini alla coppia più giovane di agenti: Vittorio Venesio e Massimo Cabiati. Gli raccomandai la massima discrezione, che altro non voleva dire che tenere le bocche chiuse rispetto alle reali ragioni della loro missione. Almeno per evitare di creare inutili allarmismi.

Dopo aver verificato l'elenco degli incidenti fornito dal giornalista, lasciarono il commissariato con un compito preciso: rilevare eventuali assonanze o collegamenti in almeno due o tre di questi casi. Il punto di partenza era verificare se i mariti, o alcuni di essi, si conoscessero e fossero in qualche modo coinvolti nei decessi delle consorti.

I due agenti iniziarono con il monitoraggio, che significava pedinare, registrare abitudini e spostamenti, fotografare per almeno un settimana e quindi procedere con un contatto diretto. Il lavoro a distanza l'avrebbero svolto su più soggetti contemporaneamente.

Usciti dal mio ufficio, decisi di dimenticare loro e la ragione per cui li avevo mandati di pattuglia. Avevo troppe cose da fare, e comunque i ragazzi sapevano come muoversi e di quali e quante risorse disponevano, ovvero nulla oltre l'auto, il cellulare, le macchine fotografiche e i buoni pasto.

Trascorse una settimana, al termine della quale ci vedemmo nel mio ufficio per fare il punto della situazione. Mi riferirono che, terminati i monitoraggi, avevano già incontrato tre vedovi. Confessarono di essere, come mi ero aspettato dicessero, alquanto perplessi e annoiati.

«Capo, ci faccia una cortesia» iniziò Massimo Cabiati «chiudete qui questa faccenda: un'altra settimana come questa non siamo in grado di reggerla».

«Cabiati ha ragione, capo» proseguì Vittorio Venesio «è davvero uno strazio. Sono tutti semplici pensionati, tranquilli e pacifici. Fanno ogni giorno le stesse identiche cose, chi più chi meno. Quelli che hanno dei parenti e sono ancora in grado di guidare, o almeno si muovono e si spostano da un paese all'altro, arrivano fino a Trento. Uno l'altro giorno si è spinto addirittura fino ad Affi. Si figuri. Ma la maggior parte, capo, è assolutamente stanziale: casa, bar, negozi, cimitero o chiesa. Al massimo, si trascinano a fare delle brevi passeggiate nei boschi intorno a casa. Un paio nemmeno più escono. Ci sono quelli del Comune che gli consegnano i pasti a casa tutti i giorni».

«Non so cosa pensavamo di trovare» chiese Cabiati sconsolato. «Non credo che qualcuno di loro abbia avuto grandi vantaggi dalla scomparsa della moglie. Anzi, da quel che abbiamo visto, di sicuro non se la passano molto bene da dopo gli incidenti.»

Il tarlo aveva cominciato a picchiarmi in testa: nessuno ha pianto. Nessuna lacrima.

«Nessuna anomalia?» chiesi.

Cabiati e Venesio si guardarono e scossero la testa.

«D'accordo, facciamo così: riposate questo fine settimana. Riprenderemo lunedì, ancora per qualche giorno. Incontrateli tutti. Magari facciamo un po' di cagnara. Sentite anche qualcun altro in paese, che ne so il parroco, il barista, il fioraio. Vediamo se qualcuno si mette in allarme. Solo un'altra settimana, promesso.»

Anche stavolta li salutai e provai a metterli in un angolo polveroso della mia memoria. Il loro esilio, tuttavia, stavolta non durò a lungo. Il giorno seguente, durante la pausa pranzo, ricevetti una telefonata.

Stavo accingendomi ad affrontare la sfida con un piatto esagerato e fumante di tortiglioni alla siciliana, con le melanzane e il pecorino, quando il nome di Cabiati comparve sullo schermo lampeggiante e muto del cellulare (a tavola metto sempre silenziato). Non risposi. Infilai la forchetta nella montagna rossa di pasta, ne gustai prima il profumo e quindi il sapore. Il caso poteva aspettare. Non era nulla di così urgente da permettergli di interrompere il mio pasto.

Il telefono si spense e dopo nemmeno un minuto ricominciò. Cabiati insisteva. Potevo lasciar raffreddare il piatto? No. Mi concentrai per la seconda forchettata.

Fatto sparire l'ultimo tozzo di pane imbevuto di sugo, neanche ci fossimo messi d'accordo, Cabiati ritornò alla carica. Stavolta mi arresi.

«Massimo, sono a tavola. Dimmi.»

«Mi scusi, capo, magari non è niente, ma se non glielo dico subito rischio di dimenticarmelo.»

Pensai seriamente a come farlo trasferire al controllo di frontiera.

«Scrivitelo la prossima volta» gli urlai e riattaccai.

Si ripresentò cinque secondi dopo. «Mi scusi davvero, capo, non so come chiederle scusa, ma qui non ho niente per scrivere e poi sono sei ore che sono in auto da solo: sia così carino da farmi un po' di compagnia.»

Aveva firmato per la sua condanna a morte.

«Parla.»

«Vede, capo, sono già tre le persone con le quali ho notato questa cosa. Forse non è niente di importante, però prima ho chiamato Venesio e anche lui ci aveva fatto caso. Che poi è una cosa insolita dalle nostre parti, almeno per la gente di una certa età...»

«Cabiati...»

«No, le assicuro, qui tutti si arrangiano da soli, hanno gli attrezzi, non è poi così complicato o faticoso, anzi diventa un modo per passare il tempo...»

«Cabiati...»

«Vede capo, anche mio padre e tutti i suoi vicini: non c'era uno che se lo facesse fare da altri e, per salire in alto, le scale o i trabattelli se li prestavano fra di loro.»

«Cabiati!» stavolta urlai.

«Cosa, capo?»

«Cabiati, fermati. Di cosa diavolo stai parlando? Cos'è che la gente non fa da sola?»

«Oddio, scusi capo, non l'ho detto? Vede mi capita sempre al telefono, me lo dice sempre mia moglie che parto in quarta a parlare mi perdo i pezzi e...»

«Cabiati!»

«Oddio, sì, mi scusi ancora, il giardinaggio, stavo parlando del giardinaggio.»

«Ossia?»

«Tutti questi signori devono aver fatto un contratto di manutenzione del verde con la stessa impresa. La cosa è strana per il fatto che la maggior parte di loro possiede solo pochi metri quadrati di erbetta.»

«Come l'avete capito?»

«Fuori da ogni abitazione abbiamo notato lo stesso furgone, almeno una volta al mese.»

«E avete verificato se va lì per lavorare o per fare qualcos'altro?»

«Chi? Il giardiniere?»

«Chi, altrimenti? Cabiati!»

«Ah, sì, scusi capo. Beh, a pensarci bene non è che rimanga molto a lungo. Sistema le siepi e i fiori se ci sono, semina qualcosa, o almeno così m'è sembrato di avergli visto fare una volta. Comunque, ogni volta, entra in casa e ci rimane cinque minuti contati, e quindi se ne va tranquillo.»

«Ditemi che tipo è questo giardiniere.»

«In effetti, ha ragione, anche questa cosa mi ha fatto pensare. Il tipo è piuttosto avanti con gli anni, ha un bel fisico, si vede che nella vita ha lavorato, ha le mani e le braccia da contadino. Ma, considerata l'età, è strano vederlo ancora in attività col suo furgone lucido e la scritta sulle portiere con il nome e i numeri dell'impresa. Ho mandato i dati in ufficio per controllare.»

Continuavo ad avere la sensazione che in quello che stavo sentendo non ci fosse nulla di strano o misterioso. Erano stati tutti colti dalla stessa sindrome complottista? Oppure ero io quello che si stava rimbecillendo e non riusciva a scorgere la verità? Un vecchio giardiniere che arrotonda la pensione sistemando i giardini di altri vecchietti non mi sembrava un crimine di particolare efferatezza.

Ma tenni per me quelle riflessioni, e dissi a Cabiati di procedere come meglio credeva, nel caso anche di mettersi alle spalle del giardiniere per qualche giorno.

✺ 6 ✺

Fu a metà della seconda settimana che i due chiesero di incontrarmi e mi proposero, guarda caso, proprio la pausa pranzo. Erano da poco tempo nella squadra per sapere che odiavo saltare il pasto. E sono anche sicuro che nessuno dei loro colleghi si fosse preso la briga di avvisarli. Non chiedo molto al mio prossimo: almeno una volta durante la giornata, non voglio sentire parlare di lavoro, di sport, di politica o di qualsiasi altra questione. Da solo, io, il piatto e un bicchiere di bianco. Non pretendo altro. Cabiati e Venesio non lo sapevano ancora. Solo per questo li graziai.

«Ce l'hanno tutti» iniziò Cabiati, Venesio annuì.

«Tutti, cosa?»

«Il giardiniere, capo. Non so cosa ne pensa lei, ma per noi non è normale.» Venesio annuì di nuovo.

«Questo mi pare l'avessimo già appurato. Piuttosto avete scoperto qualcosa di nuovo su questo tipo, sulla sua attività?»

«È proprio per questo che abbiamo chiesto di vederla.»

«Ditemi, allora.»

«Non esiste. L'impresa non esiste. Sulla portiera c'è scritto che avrebbe sede a Rovereto, ma questa "Sergio Limongi e figli, servizi di manutenzione verde" non esiste: né lui né i figli né l'impresa. È tutto inventato.»

«Ah.»

«Però, sappiamo dove abita il giardiniere e che posti frequenta. Risiede in un appartamento qui a Trento, in una palazzina in via San Martino. Sul citofono c'è solo un numero. Abbiamo controllato la targa del furgone e pare intestato a un certo Alberto Menghini, l'indirizzo corrisponde. Ci dica lei cosa fare, adesso.»

Decisi di andare io stesso a fare visita al bravo giardiniere, accompagnato da uno dei ragazzi. All'altro dissi di rimanere in auto e di tenere gli occhi aperti.

Citofonammo.

Non rispose nessuno.

«Proviamo al bar» disse Cabiati «magari è lì. Ci possiamo andare a piedi, è qui dietro».

Avvisammo Venesio e ci incamminammo.

«Capo?» mi chiese Cabiati poco dopo «ma lei crede veramente che sia stato lui?»

«Ma a fare cosa, Cabiati? Qui non abbiamo niente, forse neppure degli omicidi. Non c'è nessuna prova che quelle donne non siano morte in incidenti domestici. Capisco che ci possano essere delle strane coincidenze, ma non mi sorprenderei se alla fine questo vecchio fosse solo un povero disgraziato che tira a campare con un'attività in nero per raccogliere le mance di quattro poveri pensionati come lui.»

«Aspetti a vederlo, capo, poi mi dirà.»

Cosa ci avessero trovato di tanto strano nel vecchio giardiniere, lo capii il minuto dopo.

Il signore era seduto al tavolino sotto il tendone verde del bar in piazza Raffaello Sanzio. La prima cosa della quale mi resi conto, già a venti metri di distanza, era che si poteva tranquillamente scommettere sul fatto che quel tipo non avesse mai fatto il giardiniere in vita sua. Lo diceva il modo con il quale stava seduto, con il quale fumava il sigaro toscano. E lo diceva pure il completo grigio di taglio sartoriale, perfetto senza una piega, i gemelli ai polsini e il cravattino rosso al collo.

A Trento, personaggi bizzarri se ne vedono spesso. La nostra è una città capace di attrarre e produrre un'umanità alquanto variegata e insolita. Per questo il nostro giardiniere dandy non stonava nel contesto. Stonava, piuttosto, il fatto che andasse in giro con un furgone di quel tipo e che, soprattutto, pretendesse che la gente gli credesse.

«Ma è lui?» chiesi incredulo.

«Già.»

«E per tagliare le siepi, si presenta conciato a quel modo?»

«Pensi che non è neppure uno dei migliori completini che gli ho visto addosso. Cosa facciamo adesso, capo?»

«E cosa vuoi fare? Ci presentiamo.»

Quando arrivammo di fianco al suo tavolo, l'uomo si stava alzando.

«Scusi, permette due parole?» lo bloccai.

«Dipende da chi siete» rispose lui, con la faccia di chi sapeva benissimo chi aveva di fronte, benché non fossimo stati annunciati da alcuna divisa. Concesse le dovute presentazioni, l'uomo pretese di offrirci un caffè. Nessuno aprì bocca finché le tazzine non furono riposte vuote sul tavolo.

«In cosa posso esservi utile?»

«Stiamo indagando su alcuni casi risalenti a diverso tempo fa, degli incidenti. Due, in realtà, sono più recenti, appena tre mesi fa.»

«Che tipo di incidenti?»

«Apparentemente, banali incidenti domestici. Corto circuiti, stufe difettose. Qualcuno è persino scivolato cadendo malamente.»

Fu solo in quell'istante, pronunciando quelle parole, che cominciai a rendermi conto di un'altra increspatura nella tela di fondo di quella storia: i venti incidenti rappresentavano la classica casistica dei pericoli della vita casalinga. C'erano tutti, mai ripetuti, come in un manuale di infortunistica.

«Vede, signore, in questi giorni stiamo incontrando persone collegate a questi tristi eventi, per raccogliere informazioni, acquisire nuovi elementi, per verificare e certificare quanto è avvenuto.»

«E io, scusate, cosa avrei a che fare con tutto questo?»

«Beh, si dà il caso signor... a proposito sa che non ci ha ancora detto il suo nome?»

«Beh, visto che mi avete cercato voi, davo per scontato che sapeste come mi chiamo. A ogni modo, sono Alberto Menghini.»

«Ecco, grazie. Si dà il caso, signor Menghini, che tutti gli incidenti siano avvenuti a casa di suoi clienti.»

«Mi dispiace deludervi, ma io, agenti, mi sono ritirato dall'attività da diversi anni.»

«Ah! E il furgone, allora? Gli attrezzi?»

Sorrise. «Vede, allora, che avevo ragione: qualcosa di me sapete. E quindi dovreste aver scoperto che l'attività è stata chiusa diversi anni fa. Ho tenuto la scritta sul furgone per nostalgia, nient'altro.»

«E tutti i lavori che fa nelle case dei privati?»

«Ah, quello. È attività sociale, più che altro. Piuttosto che rimanere in casa a prendere polvere, o a riempire di monetine la cassa di un bar, occupo il tempo con qualche lavoretto di manutenzione.»

«Manutenzione?»

«Certo. Mi chiamano loro: oramai, dopo tanti anni, sono piuttosto conosciuto da queste parti. Quando c'è da estirpare qualche erbaccia, oppure qualche incombenza di tipo idraulico, di falegnameria, un po' di tutto insomma, in molti chiamano ancora l'Alberto. La gente di qui, più che altro. Gli anziani.»

«E la pagano?»

«Beh, più o meno. Diciamo che mi offrono una specie di rimborso spese. Sapete anche voi che con la misera pensione che ti danno al giorno d'oggi, si fatica persino a sopravvivere. Se vogliamo vederla da un altro punto di vista, diciamo che è una specie di rinforzino.» Lo disse con il solito sorriso malizioso, dal quale stavolta sbucò la punta della lingua che andò a sfiorare il baffo bianco.

«Signor Menghini, non mi dica che non sa dei lutti che hanno colpito i signori che la chiamano per quei lavoretti.»

«Certo che lo so. Vivo su questo pianeta, non su Marte. Con quei signori ci scambiamo sempre due parole, agli anziani piace molto chiacchierare e quando si comincia ci si racconta di tutto, spesso anche delle mogli che non ci sono più, delle giornate di sole e delle tempeste che hanno vissuto assieme. Tutto qui.»

«Abbiamo capito. Beh, allora grazie signor Menghini. Le lascio questo biglietto, se le venisse in mente qualsiasi cosa che potrebbe esserci utile, la pregherei di chiamarmi. D'accordo?»

«Qualcosa di utile? Certo, certo, vada tranquillo.»

Tornando verso l'auto, Colbiati mi chiese cosa ne pensassi.

«E cosa vuoi pensarne?» gli risposi «Menghini è davvero bizzarro, ma da qui a dire che è uno spietato assassino di vecchiette, ne passa. Non credi?».

«Mi ha messo i brividi.»

«Addirittura?»

«Ha raccontato anche un sacco di panzane.»

«Ad esempio?»

«Tanto per cominciare, capo, non è vero che si ferma a chiacchierare o a fare dei lavoretti: quello che fa lo fa all'esterno, in casa ci rimane meno di un minuto.»

Cabiati aveva ragione. Quel vecchio era tutto fuorché quello che aveva raccontato di essere. E ora anche a me quella sequenza improbabile di incidenti cominciava ad apparire sempre meno come una serie di banali e sfortunate casualità.

Peccato solo che non ci fosse un briciolo di prova a sostenere quella sensazione. Era come se, più si scavasse, più ci si allontanava dalla verità. Qualunque essa fosse.

❧ 7 ❧

A questo punto, però, vorrei cominciare ad accelerare il passo del racconto, anche perché non credo di dover scrivere un romanzo. O almeno non credo sia quello che mi ha chiesto di fare il dottore.

Quello che decisi di fare dopo aver conosciuto il giardiniere, e prima di essere costretto dai miei superiori ad archiviare l'indagine, fu di incontrare personalmente ciascuno dei venti vedovi.

Mi feci accompagnare a turno dai due ragazzi. Stavolta gli chiesi di indossare la divisa e di rimanere sempre in piedi durante i colloqui. Volevo provare a intimorire un po' i vecchietti.

Non sto a trascrivere quello che ci siamo detti. Non sarebbe di alcuna utilità. Anche perché hanno tutti recitato la parte degli inconsolabili vedovi, tutti a rimpiangere l'amica e compagna di sempre, a dire che la vita ora non aveva più alcun senso, che non aspettavano altro che il momento in cui la morte avrebbe portato via anche loro, che pregavano ogni giorno, che se non fosse stato peccato ci avrebbero pensato loro stessi a farla finita.

Un'esistenza insopportabile quella senza il loro amore, una lunga ed estenuante agonia. Una notte che non si faceva mai giorno. Un calvario che non concedeva alcuna tregua. E via così di questo passo, magari usando altre parole, ma comunque infondendo alle confessioni questo stesso senso di smarrimento e dolore.

Fu questo che mi convinse ad andare avanti. Fu la sensazione martellante che nell'aria stantia e maleodorante di quelle venti case ci fosse qualcosa di sbagliato. Di falso.

Stavano recitando una parte, anche se non sapevo ancora quale. Era come se avessero letto lo stesso copione e lo stessero usando come base per la propria personale improvvisazione.

A vederla da un altro punto di vista, tuttavia, quei venti attempati montanari, le colonne portanti di quelle valli, erano talmente simili che le loro esistenze parevano le impercettibili variazioni dello stesso modello originale. Tutti loro erano nati, cresciuti e invecchiati consumandosi con gli stessi mestieri, gli stessi passatempi. Usavano e masticavano le stesse parole, gli stessi sentimenti.

Forse erano solo dei cloni.

Io stesso, in fondo, non ero forse la copia di un modello diffuso a livello globale, e chissà quanti poliziotti come me esistevano e si stavano ponendo la stessa domanda in centinaia di altre valli del pianeta, seduti dietro centinaia di migliaia di scrivanie in altrettanti piccoli e tristi commissariati di provincia.

Perché mi dovevo stupire che davanti alla morte queste persone manifestavano le identiche reazioni, quando era evidente che per decenni le avevano apprese dalla televisione ingurgitando gli stessi cocktail di immagini e parole?

Niente di più verosimile.

Cosa avrei dovuto scrivere nel mio rapporto? Che avevo la sensazione che tutti i venti mariti delle vittime non stessero dicendo la verità? Che questo voleva dire che tutti e venti erano coinvolti negli incidenti nei quali erano perite le mogli? Che gli incidenti non erano stati così casuali e accidentali come era sembrato? E che, infine, in tutto questo aveva avuto un ruolo fondamentale un finto giardiniere che sistemava le aiuole e le tubature indossando un cravattino rosso?

Pura follia.

Come follia (o demenza) collettiva sarebbe stata quella che avrebbe spinto una folla di pensionati a provocare la morte delle povere mogli.

Potevo continuare a inseguire un'idea del genere?

No. E infatti decisi di archiviarla. Mi sarei beccato gli insulti di tutti, ma almeno avrei continuato a girare sereno tra le strade dei miei paesi, senza l'angoscia di essere additato come il pazzo persecutore di vecchietti.

E così il sottoscritto, i venti tristi vedovelli, il gaio giardiniere e gran parte degli abitanti delle due provincie del Trentino Alto Adige, proseguimmo sereni le nostre sbiadite esistenze. Fino al giorno in cui, quasi un mese dopo la chiusura dell'inchiesta, ricevetti una chiamata.

Un incidente, riuscirono a dirmi. E poco dopo, la comunicazione con gli agenti della volante cadde. Non avevo capito granché. Solo che dovevo recarmi subito ad Aldeno, a casa di un certo Gianni Marchetti, un anziano.

Mi sollevò l'idea che probabilmente la chiamata non riguardava il caso degli incidenti alle donne anziane. Gianni Marchetti non faceva parte del gruppo dei vedovi. Non ricordavo nemmeno di averlo mai sentito nominare. Abitava in una villetta con giardino. Arrivai e l'agente di piantone non sapeva ancora nulla, aveva avuto ordine di guardare a vista i due signori. Il resto della squadra, mi disse, era giù nello scantinato. Non so perché non scesi di sotto a farmi raccontare. Mi venne d'istinto di avvicinarmi alle due figure rintanate nel salottino al piano rialzato. Lui seduto su una poltrona e la moglie (viva, ringraziando il cielo) in piedi accanto a lui, con gli occhi rossi e un fazzoletto tenuto stretto davanti alla bocca. Lui, invece, fissava nel vuoto con uno strano mezzo sorriso e l'aria di quello che aveva voglia di vomitare.

Mi sedetti (non si dovrebbe mai fare prima di aver acquisito i necessari riferimenti dell'accaduto) davanti a loro.

«Mi dica, signor Marchetti» gli chiesi dopo qualche istante trascorso in silenzio «cosa è successo?».

Gli ci volle un minuto abbondante per reagire, dopo di che alzò la testa, iniziò a tremare, e scoppiò in lacrime. Pianse peggio di un bambino, gli occhi spalancati che non smettevano di fissarmi, la bocca aperta, i singhiozzi, i pugni stretti che presero a martellarsi la testa semi calva.

Mi alzai per farlo smettere. Rischiava di farsi male e non sapevo ancora per quale motivo lo stesse facendo. La moglie, pietrificata, non mosse un dito né aprì bocca.

«Non sapevo, non immaginavo» cominciò a dire una volta che riprese a respirare «volevo solo difendere la casa, mia moglie... Chi mai avrebbe pensato che poteva un ragazzo, un bambino, mio Dio! Perché è venuto, perché? Me l'avesse chiesto, gli avrei dato qualsiasi cosa, qualsiasi, non questo... Perché ci deve capitare una disgrazia del genere?».

«Signor Marchetti, purtroppo i miei colleghi non sono riusciti ad aggiornarmi, abbia veramente la cortesia di raccontarmi cosa è accaduto.»

Fece uno sforzo enorme, si passò la manica del maglione sul volto per asciugarsi le lacrime e ricominciò: «Questa mattina, sono uscito. Dovevo andare ad Affi. Mio fratello aveva bisogno di una mano per sistemare il garage, doveva liberarlo, buttare via un po' di roba, ha trovato qualcuno a cui affittarlo, non gli hanno dato molto ma anche quel poco serve, tanto lui ne ha un altro di garage, anzi due, credo».

Un altro Cabiati, pensai. Ma mi mangiai la lingua.

«Sono uscito, ho salutato mia moglie, stava stendendo in bucato in lavanderia. L'automobile ci ha messo un po' a partire, è vecchia oramai, fa sempre tante storie» si fermò solo un istante a pensarci sopra «ma alla fine ce l'ha fatta. Sono arrivato fino a Nomi, appena prima di Rovereto. Lì mi sono ricordato che avevo lasciato a casa il sacchetto che mia moglie aveva preparato per mia cognata. Gomitoli di lana, alcuni scampoli, campioni di tessuto, insomma roba del genere. E allora torno indietro. Parcheggio di fuori, passo dalla legnaia e lo vedo lì, di spalle con qualcosa in mano. Qualcosa di lungo. Stava andando verso le scale. Commissario, le giuro sulla memoria della mia povera madre, che ho pensato fosse un fucile. Aveva la testa coperta, indossava un passamontagna di lana. Cosa dovevo fare, commissario? Mi dica lei... Non potevo capirlo, aveva quel coso in testa» e qui si fermò e riprese a disperarsi.

«Cos'ha fatto?»

«E cosa dovevo fare? Ho preso la prima cosa che mi è capitata tra le mani, la mazza da baseball, ne ho diverse di sotto perché ho giocato da giovane in una squadra, a Brescia, nei campionati italiani: siamo stati anche all'estero una volta, in Inghilterra...»

«E quindi?»

«Ho ancora un bel tiro, non proprio come allora, ma forte gliel'assicuro. Ho cercato di non farmi sentire, gli sono andato dietro, Dio mio, sembrava così grande e alto con quel maledetto cappuccio in testa, e appena ha messo il piede sul gradino delle scale, non so cosa mi è preso, potevo fare più piano, molto più piano, solo che con l'età magari non si perde la forza, ma il controllo e la lucidità sono i primi a saltare...»

«L'ha colpito?»

«Sì, commissario, molto forte, troppo.»

Ricominciò di nuovo a singhiozzare.

«Va bene, signor Marchetti, ora vado a dare un'occhiata di sotto, e a parlare con i miei colleghi, lei non si...»

«Aspetti. C'é una cosa che prima non ho detto agli agenti. Non era solo: ce n'era un altro. È scappato, non sono riuscito a vederlo.»

Lo lasciai a disperarsi all'ombra della moglie.

Attraversando il soggiorno, guardandomi intorno, provai l'imbarazzante sollievo che quella vicenda, pur tragica, non avesse nulla a che fare con quella dei vedovi. Quella sensazione non durò a lungo.

Nessuno aveva ancora toccato il corpo. Era sdraiato di spalle, ai piedi delle scale. Il braccio destro appoggiato agli scalini. Qualcuno, il vecchio probabilmente, gli aveva sfilato il passamontagna. Non si trattava propriamente di un bambino. Doveva avere sedici, diciassette anni al massimo. Troppo giovane, comunque, per morire a quel modo. Anche se forse nessuna età è appropriata per farsi ammazzare.

A terra, intorno alla testa e giù fino ai fianchi, una pozza enorme di sangue incorniciava il corpo snello. Notai che gli occhi gli sporgevano leggermente, quasi che la botta li avesse fatti slittare fuori dalle orbite. Ma forse era così anche prima dell'impatto con la mazza. Anche la forma della testa aveva qualcosa di strano. Mi piegai per vedere meglio e non ci volle molto a capire: era schiacciata. Il vecchio doveva aver colpito così forte, e per chissà quante volte, da ridurre la profondità del cranio del ragazzo.

Uno degli agenti della mobile di Rovereto mi fece cenno di avvicinarmi. Erano in tre e stavano guardando il contenuto di uno zaino. Era del ragazzo. La loro attenzione era concentrata su un quaderno. Era un raccoglitore di fotografie.

Compreso di cosa si trattava, lo presi in custodia, attesi l'arrivo della scientifica, che terminassero tutti i rilievi, che il signor Marchetti fosse condotto alla Centrale, che infine la psicologa incontrasse la moglie e verificasse le sue condizioni per un eventuale ricovero, e quindi tornai a Trento.

Non c'era tempo da perdere. Dovevamo trovare il complice.

☞ 9 ✱

Dopo aver incontrato il mio superiore, e stabilito come procedere, convocai d'urgenza la squadra, compresi Cabiati e Venesio.

«Abbiamo sbagliato tutto, ragazzi.»

Mi guardarono tutti perplessi. La notizia di Aldeno non era ancora circolata.

«Per tutto questo tempo ci siamo illusi di aver capito come erano andate le cose con quegli assurdi incidenti. Ci siamo fissati su Menghini, un povero giardiniere tuttofare, e non abbiamo mai neanche sfiorato la verità. Quel vecchio non c'entra nulla. Guardate qui.

E qui li feci avvicinare al tavolo dove avevo disposto le foto tolte dal quaderno raccoglitore. Erano delle brutte, sfocate e sovraesposte Polaroid scattate a ciascuna delle vittime degli incidenti sui quali stavamo lavorando. La particolarità delle foto stava nel fatto che erano state realizzate pochi istanti dopo il decesso delle vittime. E quindi dall'assassino.

Il ragazzo caduto sotto i colpi di mazza da baseball e il suo amico erano i killer delle vecchiette. Due collezionisti di vecchi vedovi di montagna.

Con la coda dell'occhio notai la perplessità di Cabiati. Continuava a essere convinto del coinvolgimento del giardiniere. Al momento non vedevo come potesse essere possibile.

Dovetti attendere una settimana di inutili ricerche, per valli, sentieri e rifugi finché il padre del minorenne latitante si presentò spontaneamente in questura. Senza il figlio. Si trattava di Eugenio Sparanzani, padre di Edoardo, serramentista di Avio.

Come Edoardo avesse conosciuto Paolo Minelli, il ragazzo ucciso da Marchetti, rimaneva un mistero. Almeno a sentire il signor Sparanzani. Lo stesso valeva per le ragioni che avevano spinto suo figlio in un delirio del genere. Anche lui, come l'altro padre, si mise a piangere. Disse che Edoardo si sarebbe costituito, ma che occorreva andarlo a prendere nel maso dove si era rifugiato, per il timore di fare la fine del suo compare. Quando lo prelevammo dalla stalla dove si era rifugiato da oltre una settimana, aveva ancora addosso gli abiti sporchi del sangue dell'amico. Era evidente che Marchetti, annebbiato dalla rabbia e preso dalla foga di colpire Minelli, non si era reso conto che a soli due passi c'era un altro ragazzo. Lo aveva notato solo quando questo, ripresosi dallo spavento, era fuggito.

La tragedia dei finti incidenti si spiegò come il macabro passatempo di due sedicenni (Edoardo li avrebbe compiuti il mese successivo): avevano messo in scena la loro personale formula del delitto perfetto. Tutto nato da una banale scommessa lanciata da Paolo Minelli, e ispirata da un videogioco. Il principio di fondo era: scommetti che posso uccidere un vecchio e nessuno se ne accorge? Anzi, che posso ripeterlo quante volte mi pare? E in più il risultato sarebbe stato sempre lo stesso: tutti avrebbero creduto che fosse un incidente. «Far fuori qualcuno» continuava a ripetere il ragazzo «è più semplice che rubare un pacchetto di gomme al supermercato».

✶ IO ✶

Alla storia, però, mancava ancora una tassello: il più importante. Edoardo ci mise un po' di più a confessarlo. Gli si sciolse la lingua solo di fronte alle foto delle donne. Quello di collezionarle, evidentemente, era stata una paranoia di Paolo, non sua. Il meccanismo criminale di Edoardo non era poi così raffinato. I primi tentativi furono dei clamorosi tonfi. E già gli andò bene che non li scoprissero prima ancora di cominciare. Ci mancò un soffio quella prima volta. Si spaventarono a tal punto che, dopo una lunga discussione, di quelle toste come ne fanno i grandi, alla fine decisero di mollare il colpo e di rimandare la cosa a tempi migliori, magari dopo aver rivisto la strategia e un po' di allenamento.

Peccato che quella verifica non l'avessero condotta al riparo di un bosco di pini intorno al Lago di Molveno, come aveva suggerito Edoardo, ma al tavolo del bar centrale del loro paese, in mezzo a un sacco di gente. E peccato pure che così facendo non avevano considerato che qualcuno li avrebbe ascoltati.

Questo qualcuno si materializzò nella figura di un tipo strano, raccontò Edoardo, uno con il farfallino e il sigaro infilato in bocca che, a un certo punto, quando loro due avevano già pagato e stavano per uscire dal locale, gli fece cenno di avvicinarsi.

Cominciò con il complimentarsi. Si dichiarò sinceramente sorpreso che al giorno d'oggi ci fossero ancora dei giovani pronti ad affrontare sfide superiori, ad avanzare a testa alta lungo un cammino di sofferenza e gloria, disposti al sacrificio e pronti ad apprendere dai propri errori. Era sincero, non li stava prendendo in giro e alla fine offrì la sua esperienza a supporto della loro grandiosa missione. Il giorno seguente, per sciogliere le perplessità dei ragazzi, gli propose di incontrarsi di nuovo e gli dette la dimostrazione di quello che aveva detto. Portò in visione i suoi album fotografici. Paolo rimase sbalordito ed estasiato. Edoardo dovette correre in bagno a vomitare.

Quella che si erano trovati davanti agli occhi era una vera e propria collezione degli orrori. O meglio, una serie impressionante di scatti di corpi mutilati, sviscerati, impiccati, imprigionati in fantasiosi macchinari da tortura. Il tizio del farfallino era (o era stato) un sicario professionista. Quelle foto erano la testimonianza del lavoro di una vita. Aveva scattato le foto in oltre trent'anni di carriera.

Rispetto al progetto dei due ragazzi, la sua visione della cosa era la seguente: non c'era nulla di sbagliato nel farsi le ossa utilizzando inutile vecchiette. Oltretutto si faceva un servizio sociale. Quelle donne erano un peso per tutti, a cominciare dai mariti che dopo una vita spesa ad ammazzarsi di fatica e di lavoro per la famiglia, ora dovevano subire le angherie di queste flaccide rimbambite sdentate. Erano degli inutili parassiti che nei pochi anni che gli rimanevano da vivere, non trovavano di meglio che tormentare i poveri mariti. Erano come delle piante matte che avevano invaso il giardino e non permettevano a nient'altro di fiorire intorno.

Occorreva far intervenire un bravo giardiniere.

Lui era lì per quello.

Quando si salutarono, avevano concordato che lui gli avrebbe fatto da supervisore, oltre a risolvergli alcuni problemi logistici e organizzativi. Lui avrebbe creato il contatto con i mariti delle vittime, verificato il contesto, individuato il momento e la modalità di esecuzione più adeguati. Loro due avrebbero svolto il lavoro sul campo, seguito le sue lezioni di strategia, finché a un certo punto sarebbero stati in grado di gestire tutto da soli.

Così andò. E andò anche piuttosto bene: un successo dopo l'altro. E chissà per quanto tempo sarebbe andata avanti se Paolo non si fosse messo in testa di stupire il maestro prima del dovuto. Aveva deciso di provare a fare da solo (con Edoardo, ovviamente) e poi mettere sotto il naso del giardiniere la foto della vecchia morta e, così, incassare i suoi complimenti. Così, erano finiti nella villetta dei Marchetti, dove Edoardo si era beccato la raffica di mazzate che l'aveva spiaccicato come un mosca sul vetro.

❧ II ❧

E dopo tutto questo? Non molto altro.

Edoardo Sparanzani finì nel carcere minorile di Verona. Gianni Marchetti fu processato con tutte le attenuanti del caso, ma con una posizione compromessa dall'età della vittima, dal fatto che nessuno dei ragazzi fosse armato e che lui non poteva conoscere le reali intenzioni dei due intrusi.

Il giardiniere, come era logico aspettarsi, non si fece trovare. Sparito nel nulla: lui, il suo bel furgone e qualsiasi altra cosa avesse mai posseduto nell'appartamento intestato a suo nome. Le ricerche furono estese a livello nazionale e oltre, per quel che ne so. Non fu mai scopeto nulla. Il personaggio si era dimostrato tanto impeccabile come maestro di morte, quanto nello sparire dalla faccia della terra.

Mi auguro solo che qualcuno più in gamba di me lo fermi prima che incontri altri allievi.

Non so per quale motivo questo caso mi abbia segnato tanto profondamente, molto più di altre vicende assai più violente e assurde. Qui forse dipendeva dal fatto che fossero coinvolti due bambini e un vecchio. Due generazioni opposte coalizzate in un piano di orrore e di morte.

Forse mi ha pure turbato che la comunità intera non avesse battuto ciglia di fronte a questi incidenti, che nessuno ci avesse trovato niente di strano.

A questo punto non so davvero cos'altro aggiungere.

Chissà cosa ne penserà il mio caro dottore? Quale lezione per il sottoscritto saprà ricavarne? Quale antidoto (soprattutto) saprà prescrivermi per levarmi dalla bocca e dal cuore il disgusto per il genere umano. Un disgusto che oramai sto provando da troppo tempo.

Niente al caso

Iniziamo?

Sì, sono pronto.

Come mi sento?

Non benissimo a dire la verità. Oggi è uno di quei giorni in cui avrei tanta voglia di mollare tutto. Non so perché, ma mi sveglio così, con la luna storta, e mi chiedo chi me lo fa fare. È uno di quei giorni nei quali inizio a dirmi che tanto non ho figli, che non sono nemmeno sposato, che non si capisce perché debba sbattermi così tanto per lavorare. Mi ripeto che per vivere, in fondo, non serve molto. Bisognerebbe sapersi accontentare. Avrei voglia di vendere tutto e trasferirmi in montagna, in alto, lontano da tutto e da tutti. Vivere di cose semplici e naturali.

Al diavolo. Non so cosa mi piglia, in giorni come questo. Che poi con tutto quello che ho da fare, neppure passerà tanto in fretta. So già che stasera o domani al massimo sarà come se non fosse successo nulla, e riprenderà tutto da capo. Accade sempre così dopo questi momenti di depressione. Riprendo ogni cosa alla grande, se non meglio di prima. Da cosa dipende? Non credo siano i rimorsi di coscienza. Di quelli non mi sono mai dovuto preoccupare. Al limite comincio a sentirmi stanco per il tipo di vita che conduco. Forse è solo questo. Forse ho solo bisogno di una vacanza. Una lunga e spensierata vacanza. Anzi, un anno sabbatico. Ecco sì, un bell'anno sabbatico. Dopo, riprendere sarebbe più semplice, con le batterie ricaricate. Che poi io parlo, ma lo so benissimo che non resisterei a lungo lontano dal lavoro. Il dramma (o la fortuna) è che la mia vita mi piace da morire. Non la cambierei con nessun'altra al mondo. Vadano a farsi benedire la stanchezza e le crisi di ansia.

Da quanti anni faccio questo mestiere? Dieci? Venti? Non è così importante. La cosa importante è che ci sono portato. Davvero. E non lo dico per vanteria. Nella vita è importante saper riconoscere i propri meriti, che gli altri te li confermino o meno. L'amor proprio è una preziosa medicina da portare sempre nel taschino. Io mi occupo di servizi di demolizione, sgombero e trattamento dei residui del sinistro, il DSTR. Sono il migliore, almeno dalle mie parti. Potrebbe non apparire una professione particolarmente poetica o gratificante, ma non è così. Ogni cosa deve essere vista con la giusta prospettiva. Lo diceva sempre mio nonno: la poesia si nasconde nei gesti, nelle parole, nel sangue e nel sudore dei veri lavoratori, non tra le pagine polverose e inutili dei libri.

Io, tanto per andare avanti col discorso, lavoro da solo. Mi sono specializzato in ogni singolo segmento produttivo e ho acquisito le differenti e complementari competenze tecniche che il DSTR di qualità richiede.

Non ho avuto maestri. Non ho fatto bottega. Mi sono formato da solo. Poco alla volta, facendo tanti errori, ma apprendendo e migliorandomi ogni volta. La prima cosa, ad esempio, è stato capire come condurre la contrattazione con i clienti. La scelta dei tempi e dei modi, in particolare. Molte volte il cliente ci ripensa e vorrebbe rinunciare all'intervento di demolizione. Per questo devo essere in grado di convincerlo, di mostrare tutta la mia professionalità e non fargli nascere alcun dubbio sulla bontà del risultato. A volte, ai più esigenti, faccio vedere una specie di brochure, con alcune foto e la descrizione dettagliata dei lavori meglio riusciti. Ma il più delle volte non è necessario arrivare a tanto. Li convinco a parole. In fondo, possono verificare da soli che nessuno in passato si è lamentato dei miei servizi.

Precisione, ordine, e pulizia. Su certe cose sono quasi maniacale. Devo aver preso da mia madre. Ha dedicato la propria vita a pulire casa, pace all'anima sua bella. Il suo appartamento era sempre come nuovo, bello, scintillante. E vuoto. Non ho mai capito per chi lo facesse, perché non invitava mai nessuno. Le piaceva sentire il profumo di pulito. Forse aveva sviluppato una specie di dipendenza per i detersivi. Anche negli ultimi anni, quando il fisico si ribellava, lei si piegava, si arrampicava, grattava e spazzava dalla mattina alla sera. Era talmente fanatica che odiava essere interrotta durante le pulizie, non le si poteva parlare. La mia dolce mamma.

Io non arrivo a questi estremi, ma mi difendo bene. Non lascio niente al caso. E in più, dopo aver svolto il mio incarico, non me ne vado lasciando come ho trovato: lascio meglio di prima. Diciamo che è un po' la mia firma. Dopo il mio DSTR, deve essere come se fosse passata un'impresa di pulizie. Di quelle brave, però. Cera sui pavimenti, spray antipolvere sui mobili, antiappannante sui vetri, essenze di fiori (quelli di stagione, ovviamente) rilasciate in tutti gli ambienti. Scelgo con cura ogni prodotto. Ho un mio negozio di fiducia, non vado come tanti al supermercato. Sono posti terrificanti. Non c'è relazione, non c'è dialogo. Li trovo disumanizzanti. Tanto varrebbe farseli spedire a casa. Per certe cose, sono davvero fatto alla vecchia maniera.

Anche nel modo di vestirmi cerco di distinguermi. Chi fa quello che faccio io, a volte si presenta male, trasandato, sporco. Non è il modo di comportarsi. Porta rispetto a te stesso, e vedrai che gli altri ti rispetteranno. Anche questo era mio nonno a dirlo. Non vado mai a parlare con un cliente conciato come un barbone. Ho un guardaroba adatto. Completi di taglio sartoriale. Me li faccio fare da un sarto professionista, un amico di famiglia che ha rilevato l'attività da suo padre, e suo padre da suo nonno. Gente seria. Un bel vestito, il fazzoletto nel taschino, e scarpe lucide di grasso. Questo per la contrattazione. Poi, arriva il lavoro vero e proprio, ed è tutto un altro discorso.

È una fase rischiosa e delicata: nella contrattazione si giocano tutte le possibilità di successo del tuo lavoro. Presumo sia così in qualsiasi scambio commerciale, ma nel mio settore lo è ancora di più.

C'è da dire che le occasioni non mancano. Il mio settore non patisce gli effetti della crisi. Neppure si può immaginare quante richieste di DSTR io riceva. E quante sia costretto a rifiutare. Faccio le mie ricerche, controllo, cerco di verificare prima di tutto l'affidabilità del cliente. Economica, ma non solo. E in caso di dubbio, rinuncio ancor prima di incontrarlo. Arrivato al mio livello, posso anche permettermi il lusso di scegliere. A volte capisco a pelle che la cosa non è da portare avanti. Di sicuro non posso permettermi che a metà lavoro, o anche dopo poco che ho avviato i preliminari della demolizione, mi si venga a dire che ci hanno ripensato, che magari rivaluteranno la cosa più avanti, che è un passo troppo importante, che ci devono riflettere ancora. Anche perché una volta che ho cominciato, è impossibile tornare indietro.

Non sa quanto ho dovuto studiare per arrivare al grado di professionalità attuale. Montagne di libri. Giornate intere trascorse con la schiena china sui tavoli della biblioteca. Più d'una biblioteca, a dire il vero, tanto per non suscitare troppa attenzione, o anche solo perché mi piace cambiare posto, conoscere gente differente.

Pace per mio nonno, non si può demolire alcunché senza possedere conoscenze specifiche in merito all'oggetto che si intende demolire. Non solo in relazione al successivo processo di smaltimento. Bisogna sempre tenere presente che qualsiasi oggetto complesso è costituito da parti interconnesse che non possono essere smontate senza criterio. Bisogna procede rispettando le regole di sudditanza e progressione strutturale. I giapponesi, che in queste cose sono maestri, dedicano molta attenzione (e molta letteratura) ai concetti di sudditanza e progressione. Per demolire occorre un'assoluta padronanza della morfologia dell'oggetto da demolire. Interna ed esterna. Mai invertire l'ordine del processo. Mai anticipare il basso a scapito dell'alto. Il corto per il lungo. Il pieno per il vuoto. Ecco, in particolare questo: il vuoto deve essere il primo step da affrontare. Il primo step. O, come direbbero nella terra del sol levante, il primo orizzonte.

Vuoto. L'oggetto deve essere sgomberato da qualsivoglia parte interna. Meglio lo si fa e minor problemi si avranno nella fasi successive di smaltimento e pulizia. Svuotare senza danneggiare. Una volta, una delle prime, mi è capitato di rompere un involucro contenente parecchi liquidi. È stato un disastro: mi ci è voluto un giorno intero solo per riassettare ed eliminare ogni residuo.

Ecco, una delle parti più complicate della mia formazione è stato proprio lo studio delle sostanze chimiche necessarie alla pulitura e disinfezione. Ne esistono decine, si rischia di perdersi tra etichette e formule. Per ogni tipo di sporco si deve usare un prodotto differente, altrimenti non si elimina tutte le particelle e prima o poi tornano fuori. Non è neppure semplice procurarsele. Tanto le sostanze chimiche, quanto i contenitori. Trovare i contenitori adatti è una delle cose che mi hanno fatto impazzire di più. Maneggiare gli acidi senza fare o farmi danni è davvero un'impresa. Molti miei colleghi (ne ho conosciuti parecchi), prediligono altre tecniche. Io con gli acidi mi trovo molto bene. Fuoco o altro, non fanno per me. L'acido è veloce, pulito e sicuro. Certo non posso portarmelo dietro. Quella parte del lavoro la svolgo nel mio laboratorio. Per questo è così importante la fase dello smontaggio. È evidente che questo mi obbliga a moltiplicare i viaggi. Ma non così tanto quanto si potrebbe pensare. Anche per questo mi sono organizzato. Ho appreso l'arte del travestimento.

Traslochi o pulizie. Queste sono le attività che simulo più di frequente. Mi permettono di utilizzare mezzi di trasporto, attrezzi e contenitori dalle dimensioni adeguate ai miei scopi. Che poi sono quelli che suscitano meno domande da parte del vicinato. La demolizione può avvenire in tutta calma, lasciando il furgone o il pick-up davanti all'abitazione per tutto il tempo necessario. Per lo smontaggio non utilizzo nulla di quello che trovo all'interno della casa. Nessun oggetto, nessun impianto di scarico. Ogni prodotto di scarto viene accuratamente collocato all'interno dei miei contenitori. Io stesso mi premuro di non lasciare alcuna traccia biologica. Prima ho detto un'inesattezza a proposito del fuoco. Nel caso di imprevisti, infatti, attivo la procedura d'emergenza. Fa parte del contratto con il cliente, ma ci tengo a precisare che è capitato solo una volta. Per evitare problemi, provoco un incendio nella casa. Faccio in modo che non ne rimanga più nulla.

Tornando allo smontaggio, direi che si tratta di un lavoro di estrema precisione, certosino. Non sono ammessi errori. Le lame devono essere sempre affilate ad arte. Ho comprato un affilacoltelli professionale. Come si è capito, nel limite del possibile e dell'umano, cerco di non lasciare nulla al caso. I pezzi devono essere piccoli, ma non troppo, della misura giusta. Sono cose che si apprendono con l'esperienza. C'è un'altra cosa che insegna l'esperienza: devi mettere un muro sempre più alto e spesso, tra te e la vita che ancora aleggia attorno all'oggetto che stai smontando. Possono essere immagini, suoni, emozioni che in modi diversi e imprevisti tentano di distrarti dal tuo lavoro. L'oggetto ne è carico come un magnete: fermarsi a contemplarli sarebbe un errore fatale.

Quanti clienti ho avuto, mi chiede? Non saprei. Per certe cose non ho molta memoria. Per questo tengo i registri. Li conservo a casa, in un armadio speciale, ma non posso dirle dove, mi concederà qualche piccolo segreto.

Se un giorno dovessero scoprirmi, dice? Difficile. E comunque dubito che sarà possibile recuperare qualcosa dei miei passati incarichi. Non sarei un maestro del DSTR, se riuscissero a farlo. È vero che sto passando un periodo di scarso livello energetico, che sto soffrendo di un altalenante entusiasmo. È per questo che mi prenderò una pausa. Ma le assicuro che sono ancora in grado di soddisfare al meglio i miei clienti ed eliminare le vittime che mi sono assegnate senza lasciare alcuna traccia.

Perché ho deciso di farmi intervistare da lei? Diciamo che è l'ultimo lavoro che mi concedo prima di andare in vacanza. Immagino che sua moglie non le abbia detto nulla, giusto?

Non muoiono mai

❧ I ✽

Dove pensi di andare?
Puoi agitarti quanto vuoi, illuderti di essere come prima.
Ma oramai ti trovi in una stanza senza porte e senza finestre.
Puoi respirare se ti va, solo quello.
Finché ne avrai le forze.

❧ 2 ✽

Un caso clinico complicato fin dalla lettura delle carte inviate dal Policlinico di Milano, in previsione dell'arrivo dei due nuovi pazienti. Non tanto la condizione dell'uomo, Terenzio Repossi, cinquantadue anni, in stato di paresi isterica, quanto il fatto che fosse accompagnato da una ragazza di origini cinesi, priva di documenti, che aveva detto di chiamarsi Michela Zhou e di avere sedici anni. La ragazza era in stato di shock e i medici ritenevano fosse anche affetta da un lieve ritardo mentale. La questione che aveva messo in difficoltà il personale dell'Ospedale era stato tenerli divisi, anche solo per la notte. Quando doveva essere trasferita al reparto femminile, la ragazza veniva sedata, altrimenti era travolta da violente crisi convulsive. Per il resto del giorno, invece, Michela rimaneva attaccata al letto di Repossi.

Li aveva trovati un cliente del parco demolizioni di proprietà dello stesso Repossi, uno vicino all'altra. Lei sorridente, in evidente stato confusionale, lui muto con lo sguardo fisso e vuoto. Nessuno sapeva cosa ci facesse la ragazza al parco, nessuno l'aveva mai notata prima di allora. Dai documenti dell'uomo non si era riusciti a ricostruire alcun legame tra i due. Nessuno, peraltro, ne aveva ancora denunciato la scomparsa.

Sottoposti a trattamento sanitario obbligatorio, erano stati ospitati per oltre quattro settimane presso il servizio psichiatrico del Policlinico. La terapia a base di antipsicotici e benzodiazepine non aveva prodotto alcun miglioramento e il primario aveva chiesto che fossero trasferiti in una struttura attrezzata per degenze più lunghe. Si era deciso per la comunità riabilitativa ad alta assistenza situata all'interno dell'Istituto Villa Luce di Grazzeno, diretto dalla dottoressa Daniela Mazzenga Genovesi. Del caso se ne sarebbe occupato il dottor Nicola Di Biase, ultimo acquisto in ordine di tempo della squadra medica, il solo in grado di utilizzare l'ipnosi terapeutica. Questa, infatti, era la tipologia di intervento suggerita dal Policlinico. Con l'ipnosi si intendeva aggirare il muro di silenzio eretto dal paziente che, sommato al mutismo della ragazza e all'assenza totale di parenti o altre persone a conoscenza dell'accaduto, impediva di comprendere la natura del trauma che li aveva ridotti in quello stato.

Repossi continuava a essere nutrito artificialmente e assistito per lo svolgimento di ogni funzione corporale. Michela, al contrario, era autonoma, ma le sue attività diurne si limitavano a movimenti disordinati per la stanza. Si avvicinava al letto, guardava fuori dalla finestra, dopo di che tornava a sedersi. L'unica variabile in questo schema era che, di tanto in tanto, Michela andava a sussurrare qualcosa all'orecchio dell'uomo. Chi assisteva alla scena non capiva nulla e non tanto perché Michela parlasse a bassa voce, ma perché lo faceva usando la propria lingua madre. Non era dato sapere se l'uomo capisse il cinese, anche se le parole della ragazza qualche effetto lo provocavano. I dati clinici indicavano un parziale rilassamento muscolare e un abbassamento della frequenza cardiaca.

A Di Biase sarebbe toccato il compito di scavare tra i ricordi di questi due strambi pazienti e scoprire cosa li aveva ridotti in quello stato e, di non secondaria importanza, dimostrare quanto fosse efficiente l'Istituto diretto dalla Genovese.

Era quella la posta in gioco. Alla direttrice interessava poco o nulla del benessere dei propri pazienti. Non era un segreto che Nicola non la sopportasse. La riteneva odiosa, ignorante e presuntuosa, capace di proiettare la propria aura negativa su ogni cosa la circondasse. Compresa quell'assurda gabbia per matti. L'Istituto sembrava essere stato concepito a immagine e somiglianza della direttrice: un insensato sperpero di denaro per realizzare padiglioni avveniristici, con personale medico e infermieristico che non aveva la minima idea di cosa significasse prendersi cura del prossimo. Poco più che carcerieri, non ce n'era uno che provasse nei confronti dei degenti, se non proprio empatia, almeno un briciolo di compassione.

Cosa ci faceva allora Nicola in quel posto? Era tanto che se lo chiedeva. Ma non era il solo problema. C'erano cose che avvenivano tra le mura dell'Istituto che non gli era dato conoscere ufficialmente, ma che gli puzzavano di faccende che avrebbero fatto saltare sulla sedia più di un giudice.

In quel momento della sua vita, comunque, non poteva permettersi di perdere il lavoro, anche se ogni lunedì mattina quando varcava il cancello di Villa Luce, la nausea e le fitte di cefalea non gli passavano fino al venerdì successivo quando ci ripassava attraverso per tornare a casa. A volte era costretto a ripetersi che nella vita ci sono mestieri peggiori del suo, che con un briciolo di sacrificio avrebbe potuto sopportare lo strazio di dover affrontare tutti i giorni la direttrice e il resto dei suoi colleghi. Peccato che quando aveva accettato quell'incarico lontano da Milano, avesse sottovalutato l'effetto di vedere Stefania solo nei fine settimana.

C'era almeno da sperare che lo strano caso dell'uomo e della ragazza cinese la aiutasse a distrarsi un poco dall'esilio dal mondo nel quale si sentiva costretto. Era stata anche l'occasione per allontanarsi da Grazzeno e trascorrere un paio di giorni vicino a casa. Non fu un problema ottenere dalla Genovese il permesso di svolgere qualche "indagine" in loco. Le aveva spiegato che non avrebbe iniziato la terapia senza aver raccolto qualche elemento sulla loro storia.

Per tale motivo ora si trovava davanti al cancello dell'autodemolizioni Repossi S.r.l., in via Novara, estrema periferia Nord-Ovest della città, con in mano un enorme mazzo di chiavi. La proprietà non era stata messa sotto sequestro dato che non vi era stato commesso alcun crimine.

Non ci era andato da solo: dato che la scuola elementare dove insegnava era chiusa per la pausa estiva, si era fatto accompagnare da Stefania. Oltre a sfruttare l'occasione per stare un po' assieme, l'avrebbe aiutato a scattare qualche foto. Senza contare che due occhi femminili erano in grado di vedere cose differenti da quelli di un uomo.

«Sei sicuro che non sia pericoloso?» gli aveva chiesto Stefania qualche giorno prima.

«Pericoloso perché? Non è successo niente lì dentro. È solo il posto dove viveva e lavorava il paziente di cui ti ho parlato. Devo solo dare un'occhiata. È un'area recintata. Non corriamo alcun rischio.»

«Ma non mi hai detto che è impazzito all'improvviso? Sarà pure accaduto qualcosa di traumatico?»

«Beh, sì. Non è detto che sia avvenuto per forza qui e che debba ripetersi anche a noi!»

«Come 'non è detto'? Non ne sei sicuro?»

«Manteniamo un po' di mistero. Non vorrai togliermi tutto il divertimento?»

«Nicola, se fai così non ci vengo. Lo sai quanto sono impressionabile.»

«Ste', tranquilla. Non ti fidi di me?»

«No, non mi fido.»

Nicola aprì il lucchetto del cancello.

«Cosa cerchiamo di preciso?» chiese Stefania.

«Voglio scoprire il legame che c'è tra di loro. E anche farmi un'idea di come vive quell'uomo.»

«Non deve essere un posto carino dove crescere una ragazzina.»

«Non è sua figlia, ti ho detto che è cinese, ma non sappiamo se viveva qui con lui, o cosa diavolo ci facesse in un posto del genere.»

Entrarono. Se si escludevano i percorsi sterrati dove circolavano i mezzi da lavoro e due capannoni industriali, c'erano carcasse d'auto ovunque. Pochi passi oltre l'entrata, si notava anche una casetta a un piano col tetto di tegole. Spuntava nel centro esatto del parco.

Si soffocava. Era pieno luglio e quindi era giusto che facesse caldo, ma all'interno della recinzione era come se le lamiere attirassero calore per rilasciarlo ad altezza uomo. Quello di Repossi non era un parco di grandi dimensioni, ci lavorava solo lui, ma la quantità di auto era impressionante. Ovunque, componenti meccanici e di carrozzeria recuperati e ammucchiati per tipo e pile di pneumatici in equilibrio precario. Addirittura un tratto della recinzione esterna sostituita da un muro di cubi di auto pressate.

«Dubito che la ragazza abitasse con lui» disse Stefania «spontaneamente, intendo».

«Comincio a pensarlo anch'io.»

La porta di casa non era chiusa a chiave. All'interno l'aria era ancora più torrida. Pochi passi oltre lo zerbino, Stefania e Nicola rimasero qualche istante interdetti. Se non si considerava la polvere che si era accumulata in oltre un mese di assenza del padrone di casa, l'interno si presentava ordinato e pulito. Troppo per un baracca piazzata nel mezzo di un'autodemolizioni. Persino troppo per un uomo. Mobili decapé, oggetti di artigianato tropicale, tutto coordinato e decorato con tinte che andavano dal bianco al celeste, al verde acqua. Anche diversi complementi (vassoi, lampade da tavolo, lampadari e applique) erano stati verniciati con le stesse tonalità.

«Perbacco, sembra un negozio d'arredamento» commentò Stefania.

Alle pareti e sulle mensole erano esposte numerose foto, ognuna incorniciata con materiali differenti. Tutte ritraevano un solo soggetto: il signor Tarcisio Repossi, in varie pose, situazioni e località. L'uomo si esibiva in sorrisi e smorfie di vario genere come se dietro l'obiettivo ci fosse sempre un amico o la sua donna. Su ciascun vetro c'erano anche delle targhette applicate in basso a sinistra a indicare luogo e anno dello scatto. La più recente risaliva a sei anni prima.

«Dici che gliele ha scattate la ragazza?» chiese Stefania.

«Mi sembra strano. No, guarda, queste sono troppo vecchie, e lui fa sempre le stesse facce strane. Credo sia il suo modo di mettersi in posa.»

«Si direbbe un tipo spiritoso.»

«Ne prendo un paio da portare all'Istituto. Magari tu fai qualche scatto in giro, va bene?»

«Sono venuta apposta, no?»

Oltre all'ampio soggiorno e alla cucina all'americana, l'appartamento era composto da un piccolo bagno e da una stanza da letto singola. Mentre Stefania scattava, Nicola aprì armadi e cassetti, frugò in ogni angolo, ma non trovò alcun segno della coabitazione dell'uomo con la ragazza cinese.

«Michela non abita qui» disse alla fine.

«E allora dove stava? Vuoi dire che l'incidente è capitato l'unica volta che è venuta qui?»

«Andiamo a vedere fuori.»

Diedero un'occhiata veloce a tutta l'area. Come avevano già notato entrando, oltre alla casetta c'erano due capannoni, uno più basso dell'altro, entrambi chiusi da alte lastre di lamiera forata. Il primo era sbarrato da una catena e un grosso lucchetto. Nicola cercò tra il mazzo di chiavi finché trovo quella giusta. Era un unico ampio magazzino riempito con scaffali metallici. Anche qui, ordinati per tipo, componenti d'auto e pneumatici. Nessuna traccia di un rifugio.

«Assurdo, ma allora non stava nel parco» disse Stefania.

«Non lo so, mi sembra così strano.»

Nicola provò a guardare anche nell'altro capannone, ma anche qui non trovò nulla. Allora, iniziò a girare tra gli ammassi di carcasse. Stefania si fermò nei capannoni a scattare foto.

Oramai il sole era alto nel cielo. Si avvicinava mezzogiorno e oramai poche particelle di quell'aria umida rimanevano respirabili. Nicola si passò la mano sulla fronte e sui capelli tagliati a spazzola. Inutile tentare di asciugarsela con la maglietta. Era fradicia. I riflessi di luce sul metallo sverniciato gli trafissero gli occhi.

Continuò a cercare, finché in basso alla sua sinistra, oltre il parabrezza ritorto di un furgone rosso, vide qualcosa. Dovette piegarsi sulle ginocchia, scostare una tenda di plastica fissata con anelli cromati a un tubo arrugginito e infilarci la testa. Era un piccolo tunnel. Gattonò fino ad attraversarlo tutto. Allo sbocco capì di averla trovata: lì in mezzo ai rottami, imbottita di cartoni, stracci e assi di legno, c'era la tana di Michela Zhou.

❦ 3 ❦

Tu sei una persona cattiva, sei il male.
Io sono la punizione, sarò la tua prigione.
Sono il buio al fondo del quale non scorgerai mai più la luce.

Nella sala riunioni del secondo piano di Villa Luce, il sorriso a denti stretti di Tarcisio Repossi fissava la porta a doppio battente chiusa alle spalle della dottoressa Genovese.

Nicola Di Biase aveva sistemato gli oggetti raccolti all'auto-demolizioni disponendolo sul tavolo ovale come fossero stati dei reperti archeologici. Mancavano solo i cartellini numerati.

Da qualche minuto la direttrice l'aveva raggiunto per vedere cosa fosse emerso dal sopralluogo e soprattutto verificare se si fosse deciso a procedere con l'ipnosi. Non voleva sentirsi dire da quelli di Milano che nella sua clinica non si prendeva sul serio un caso tanto delicato.

Eppure De Biase ostentava ancora quell'espressione a metà tra l'altezzoso e lo scontento, lo sguardo concentrato e schivo, che per lei era sintomo di distanza da tutto quello che gli stava attorno e in particolare da lei.

Ora erano diversi minuti che Genovese attendeva in silenzio. Nicola per l'ennesima volta stava rivedendo le foto scattate da Stefania, proiettate sulla parete.

«Scusi, dottore, ma è la terza volta che mi sta facendo vedere queste immagini. Potrei sapere cosa ha scoperto sui nostri due pazienti?»

«Ci sono dei dettagli che ancora non riesco a vedere. Vorrei esserne sicuro prima di iniziare con l'ipnoterapia.»

«Non capisco. Cosa dovrebbe vedere? Magari la posso aiutare io.»

Genovese si avvicinò alla parete per mettere a fuoco le immagini. Questa, come al solito, non aveva capito nulla, si disse Nicola. E lui non aveva voglia di perdere tempo a spiegarle che quello che non riusciva a vedere non era un dettaglio nelle foto. Ma due pensieri suscitati dalle decine di immagini e dai brevi video che aveva scaricato dalla scheda di memoria della reflex digitale di Stefania. Il primo pensiero era legato al fatto che non riusciva a capire quale relazione ci fosse tra Repossi e Michela. All'Istituto, come era stato annunciato nelle carte inviate da Milano, quello che emergeva era un forte vincolo di dipendenza, almeno da parte di Michela che lottava con tutte le proprie forze per non essere allontanata dall'uomo. Tuttavia, da quanto Nicola aveva visto al parco, non era neppure evidente che Repossi fosse a conoscenza della presenza di Michela all'interno della sua proprietà.

L'altra preoccupazione era legata a quello che aveva detto Stefania poco prima di lasciare l'autodemolizioni. L'aveva raggiunto di corsa, piombandogli alle spalle, mentre era ancora mezzo infilato tra le lamiere. Terrorizzata, con il fiatone e la voce tremante gli aveva detto che lì dentro, oltre a loro, c'era sicuramente qualcun altro. Non era riuscita a vederlo, non sapeva se fosse un uomo o una donna, ma aveva sentito dei passi e il rumore di oggetti urtati nel tentativo di avvicinarsi a lei.

Anche Nicola aveva sentito qualche rumore, ma non ci aveva badato. Poteva essere qualche animale.

«Non è un animale. C'è qualcuno e mi ha spaventato a morte. Voglio andare via subito, tanto abbiamo visto tutto quello che c'era da vedere.»

Nicola cercò di calmarla. Se anche ci fosse stato qualcuno, non doveva essere per forza qualcuno legato all'incidente di Repossi. Poteva essere qualche ragazzino in cerca di avventure o di qualche pezzo "prezioso" da collezionare. Perché pensare sempre al peggio?

Stefania non aveva voluto sentire ragioni. L'aveva trascinato fuori, tirandolo per la camicia. Anche in macchina ci aveva messo parecchio a calmarsi. Continuava a battere i piedi e a tormentarsi le mani per l'agitazione. Era convinta che li avrebbero seguiti.

«Ma chi? Adesso stai esagerando!» le aveva detto Nicola dopo aver accostato l'auto col motore acceso per guardarla in volto. Era stravolta, tremava. «Amore, non è successo nulla, non c'era nessuno. Si può sapere di cosa hai paura? Abbiamo fatto delle foto, ci siamo guardati intorno e ce ne siamo andati tranquilli.»

«Tranquilli un corno. Guarda, eccoli, li vedi sono lì dietro di noi!»

Nicola aveva guardato nello specchietto retrovisore, non aveva visto nulla.

«Dall'altro lato della strada, si sono fermati di là, stanno aspettando che ripartiamo.»

«Stefania, hai visto troppi film» aveva iniziato a dire, ma poi l'aveva vista anche lui. C'era un macchina, una BMW blu scura con i vetri oscurati. Non sembrava parcheggiata, era troppo distante dal marciapiedi, oltre a essersi fermata in contromano. Nicola non aveva detto più niente. Aveva infilato la prima e ripreso la strada lentamente. La BMW aveva aspettato, ma dopo qualche secondo era partita a sua volta attraversando la corsia e mettendosi sulla loro scia.

Una coincidenza, nulla di più. Avevano visto troppi film.

Eppure la macchina blu da quel momento non li aveva più mollati. Solo a poco meno di un chilometro da casa di Stefania, aveva svoltato a sinistra ed era sparita. Avevano aspettato quasi mezz'ora in auto, con l'aria condizionata accesa. Fecero anche una decina di giri dell'isolato, finché Stefania si era convinta ed era corsa al portone senza voltarsi.

Quelle foto Nicola le aveva guardate così tante volte da aver registrato ogni dettaglio, ma lo stesso non ci aveva trovato nulla che lo aiutasse a capire chi li aveva seguiti e cosa diavolo volesse da loro. E, soprattutto, se da quel momento avessero dovuto temere cose peggiori di un semplice pedinamento.

5

«Voglio raccontarti una storia. È la storia della rana e del serpente.»

«Non voglio sentirla.»

«Te la racconterò lo stesso. È la storia di un serpente stanco e affamato che incontra una piccola rana colorata. Il serpente sa che quel boccone non lo sfamerà, che subito dopo dovrà trovare altro, ma per cominciare può bastare. Il serpente si avvicina senza far rumore. Si avvolge in spire sempre più strette e alla fine balza alle spalle della rana con le fauci spalancate. La ingoia e, senza neppure fermarsi, continua il cammino. È stato facile. Procede tra i ciuffi d'erba e le pietre muschiate in cerca di altre prede, senza il minimo sospetto che, per quanto scarso, quello che ha in corpo sarà il suo ultimo pasto. La rana aspetta tranquilla, non dovrà far nulla, solo godersi lo spettacolo, finché il veleno farà effetto. Prima o poi quella gabbia umida e strisciante si aprirà, e lei tornerà a cantare alla luna e alle stelle.»

I primi tentativi di colloquio con Michela non ottennero i risultati sperati. All'inizio Nicola si limitò a osservarla o al massimo a rivolgerle poche parole di saluto, per farsi dire come andava e se avesse bisogno di qualcosa. In seguito tentò di stabilire un contatto più sostanzioso e strutturato, che tuttavia non portò lontano. Era sempre avvenuto in modo da indurre la minor ansia possibile, ovvero nella situazione che appariva più tranquillizzante per la ragazza. Ovvero nella stanza, a pochi centimetri dalle lenzuola verdognole di Terenzio Repossi.

Era come se quel corpo inerte e silente avesse il potere di condizionare Michela, di bloccarla impedendole di esprimersi liberamente, un'attrazione capace di annullare qualsiasi reazione o fuga. Michela era completamente avvinta dal corpo di Repossi. Legata, incatenata a doppia mandata.

Nicola la trovava sempre seduta sulla poltrona accanto alla finestra, con le gambe piegate contro il petto e strette tra le braccia. Stava così la maggior parte del tempo, perlomeno quando c'era qualcuno nella stanza.

Per parlarle Nicola afferrava una delle sedie per lo schienale, chiedeva il permesso di sedersi accanto a lei e vi montava sopra a cavalcioni.

Di solito iniziava con un: «Ciao Michela. Come va oggi?».

Anche le risposte erano sempre uguali: alzava le spalle senza rispondere e tornava a fissare il letto. Una delle ultime volte aveva provato a verificare il livello di ansia della ragazza nei confronti della salute di Repossi: «Non devi temere per il tuo amico,» le aveva detto «stiamo facendo del nostro meglio per aiutarlo a riprendersi».

Nessuna reazione.

«Non è così grave, si deve essere spaventato per qualcosa. Prima o poi si sveglierà. Si tratta solo di aspettare.»

Niente.

«Che ne dici, vuoi venire a fare un giro, qui fuori, con me? Non c'è bisogno che tu stia a vegliarlo.»

Stavolta Michela si era voltata, lo aveva fissato senza concedergli nulla, neppure un tremolio di guancia o di sopracciglio. Dopo qualche secondo era tornata a controllare Repossi. Ogni volta che Nicola ci aveva provato non aveva ottenuto nulla più di questo. Ma almeno aveva dato un segno che ascoltava, che capiva, che sceglieva a cosa reagire e a cosa no.

Ora, però, era arrivato il momento di forzare il processo, di parlare seriamente. C'era un solo modo per riuscirci: allontanarla da quella stanza e metterla in una condizione di accogliere la trance ipnotica. Le somministrarono un blando psicofarmaco.

La prima seduta, tuttavia, fu piuttosto breve. Michela si rilassò, rispose alle domande di Nicola con movimenti della testa, ma quando cominciò a parlare lo fece in mandarino. Altri tentativi di ottenere che parlasse in italiano non sortirono alcun effetto. Fu necessario chiamare un interprete. Nicola pretese che fosse una persona di origine italiana, qualcuno in grado di tradurre, ma che non mettesse in allarme la ragazza. Sapeva quanta diffidenza i cinesi nutrissero verso i propri connazionali impiegati come mediatori e interpreti. Forse con Michela sarebbe stato differente, ma non voleva rischiare.

Arrivò una donna da Domodossola dall'aspetto anonimo e lo sguardo velato di tristezza. Dimostrava sui quarant'anni, metà dei quali – c'era scritto sul curriculum – trascorsi in Cina.

Per la seduta, l'interprete fu fatta accomodare alle spalle di Nicola, a sua volta seduto dietro Michela, quest'ultima sdraiata su un lettino con lo schienale lievemente rialzato e rivolto verso una delle due finestre. Avrebbero tradotto solo le risposte. Michela comprendeva alla perfezione le domande in italiano.

Questa cosa della lingua aveva lasciato perplessa la direttrice, soprattutto il dover ricorrere all'interprete. Nicola le aveva spiegato che non era affatto insolito che nel corso dell'ipnosi il cervello umano utilizzasse parzialmente o selettivamente le abilità del linguaggio, affidandosi alla lingua madre per esplorare le aree della memoria segnate da forte emotività. Sarebbe stato inutile insistere: il soggetto avrebbe continuato a seguire i propri automatismi.

Nicola iniziò con la prima sequenza di frasi utile a mantenere il contatto con la paziente, verificarne il grado di lucidità nonostante l'effetto dello psicofarmaco, e prepararla a dare libero sfogo ai propri ricordi.

Maria Elena – così si chiamava l'interprete – si chinò verso Nicola pronta a sussurrargli la traduzione delle prime risposte.

«Ora Michela, se sei d'accordo, proviamo a tornare per qualche istante all'autodemolizioni del signor Repossi.» Nicola scandiva ogni parola, dando alla voce il tono più caldo e suadente possibile.

«Terri» disse Michela.

Nessuna traduzione: non era cinese. Nicola ci pensò un istante e poi capì.

«Ah, sì, tu Terenzio lo chiami Terri. Va bene Michela, va bene. Adesso sei lì da Terri, nella casetta che ti sei fatta da sola tra le macchine. Ora sei al sicuro in mezzo alle tue cose, stai riposando, tranquilla. Ti sdrai e nessuno sa che sei lì, nessuno verrà a farti del male. Adesso, Michela, sempre con gli occhi chiusi, prova a dirmi cosa senti, ti va? Solo quello che senti.»

Stavolta la risposta fu più lunga. Prima brevi sillabe sussurrate, poi una specie di cantilena a volume sempre più alto. Nicola attese la traduzione che però non arrivava. Si voltò.

«Signora, per cortesia, cosa sta dicendo?» le chiese sussurrando.

«Mi scusi, ma faccio fatica a capire, sono parole sconnesse. Le frasi non hanno senso, sembrano parole buttate lì a caso, anche versi, è quasi impossibile tradurre. Aspetti! Adesso sta dicendo qualcosa di più chiaro.»

«Non aspetti, traduca tutto, anche solo parole, voglio sapere cosa sta cercando di dire.»

«Sì, sto vedendo se ne dice altre, per dirgliele tutte assieme, le sta ripetendo. Ha detto 'pozzo di fuoco', 'io sono Jian' e 'Testa di toro'. È come una litania, ripete queste tre cose ciclicamente. Il resto è incomprensibile.»

Nicola provò a spostare l'attenzione di Michela su altre immagini, ma non ci riuscì. Si era incantata. La ragazza continuò così per oltre un minuto, fino a quando all'improvviso si fermò e scattò a sedersi. Allora si voltò verso Nicola e cominciò a urlare con tutto il fiato che aveva in corpo. Un urlo agghiacciante, acuto. Nicola e Maria Elena dallo spavento balzarono in piedi. La donna indietreggiò fino a trovarsi spalle al muro.

Pur non comprendendo da cosa fosse stato provocato, non sembrava un riflesso dettato dalla paura, ma un'esplosione di rabbia. Rabbia sfogata contro di loro.

Dopo l'urlo, Michela si ributtò all'indietro esausta, riprese la litania di poco prima anche se in modo sempre più confuso. Nicola tornò a parlarle con tono calmo e la condusse fuori dalla trance e al termine della seduta. Lasciò che si addormentasse.

Quando uscirono dalla stanza, la ragazza stava già dormendo profondamente.

«Va meglio ora?» chiese Nicola all'interprete.

«Sì, grazie. Mi scusi se mi sono alzata in quel modo, ma quell'urlo è stato...».

«Non si preoccupi, anche a me ha fatto un certo effetto».

«Sembrava indemoniata.»

«Non esageriamo: di certo nel posto dove l'abbiamo trovata c'è qualcosa che la sconvolge e le provoca queste reazioni, ma non tirerei in ballo i demoni. Adesso, però, volevo sapere se ha idea di cosa significhino le tre cose che ha detto.»

«Ho detto indemoniata perché mi hanno colpito le parole della paziente. Non la prima frase, il 'pozzo di fuoco' al momento non riesco a collegarlo a nulla di particolare. Ma il 'Jian' e la 'Testa di toro' sono strettamente legati alla mitologia cinese. Gli Jian sono i fantasmi dei fantasmi, spettri che per qualche motivo non riescono a reincarnarsi. Sono figure orribili, derivate da credenze antichissime di ispirazione taoista.»

«E la 'Testa di toro', invece?»

«È una guardia degli inferi. Di solito sono due, almeno nella tradizione della Dinastia Song. Una guardia ha la testa di toro, l'altra di cavallo. Sono raffigurate con forconi e catene che usano per imprigionare gli spettri.»

«Siamo messi bene.»

«Beh sì, fintanto che gli Niu Tou Ma Mian faranno bene il loro lavoro.»

«Chi, scusi?»

«È il nome cinese delle guardie degli inferi.»

«Ora mi sento più tranquillo.»

«Dottore, scusi?» un'infermiera era apparsa sulla porta. Qualcuno l'aveva cercato al telefono. Era Stefania: doveva richiamarla subito.

La conversazione con la sua fidanzata fu breve e telegrafica, ma appena Nicola chiuse la linea, corse ad avvisare che quel venerdì sarebbe uscito prima. Salì in macchina e si diresse sparato verso Milano.

Stefania si era barricata in preda al panico: era convinta che da tre giorni qualcuno la seguisse ogni volta che usciva di casa.

❧ 7 ❧

Aveva aspettato tutto il tempo in camera da letto, con la porta chiusa a chiave e la sedia a bloccare la maniglia. Era rimasta ad aspettarlo per terra in un angolo, con le spalle appoggiate alla parete. Non si era neppure cambiata, aveva ancora addosso il pigiama, i capelli disordinati e due occhiaie profonde e gonfie.

Nicola non aveva mai visto Stefania in quello stato.

Appena arrivato, aveva bussato alla porta della camera e lei aveva chiesto due volte se fosse lui, e solo quando si era convinta, aveva aperto e gli era saltata al collo, piangendo e baciandolo come una bambina.

«Ci hai messo un'eternità, non arrivavi più.»

«Non è dietro l'angolo, amore. Ho fatto prima che ho potuto.»

«Non hai visto nessuno?»

«Dove?»

«Qui fuori sul pianerottolo, o sulle scale, o davanti al portone.»

«No, non c'era nessuno, perché? Chi avrei dovuto vedere?»

«Ti giuro che c'era qualcuno. Mi aspettano lì, li vedo dalla finestra. C'è sempre una macchina e poi da due giorni devono essere entrati nel portone, li ho visti nello spioncino, te lo giuro.»

«Sei riuscita a vederli in faccia?»

«No, non si fanno mai vedere, sono sempre di spalle, oppure c'è troppo buio. Nicola non posso andare avanti così. Voglio sapere chi sono. Devi fare qualcosa.»

«Non riesco davvero a capire. L'unica cosa che mi viene in mente è che, se davvero c'è qualcuno a fare tutto questo...»

«Come se davvero? Non mi credi? Pensi che sia impazzita? Nicola, io non sono una delle tue pazienti!»

«Calmati, non sto dicendo che ti stai inventando tutto, stavo provando solo a ragionare a voce alta. L'unica spiegazione possibile è che io stia dando fastidio a qualcuno, che dietro la storia dell'autodemolizioni forse c'è qualcosa di più grosso.»

«Ma cosa c'entro io? Perché se la stanno pigliando con me?»

«È evidente: il messaggio è rivolto a me, magari mi vogliono spaventare, mi stanno dicendo che mi tengono sotto controllo, che non devo andare oltre, che non devo fare quello che sto facendo.»

«Ma cosa stai facendo di così grave?»

«Non lo, forse non vogliono che curiamo Repossi, oppure vogliono indietro la ragazza. Potrebbe essere qualsiasi cosa.»

«Perché allora non vanno a prendersela questa benedetta ragazza? Mi hai detto che nessuno si è presentato, che non siete riusciti a trovare nessun parente.»

«Non so cosa dire. Mi serve ancora un po' di tempo.»

«Io così non ce la faccio più, non posso vivere con il terrore. Questa cosa deve finire subito.»

«Va bene. Ora chiamo la direttrice e poi andremo in questura a sporgere denuncia, anche se dubito che servirà a qualcosa.»

Come previsto gli agenti della caserma di via Bianca Milesi (quella intervenuta quando avevano trovato Repossi e la ragazza cinese), non parvero particolarmente colpiti dai timori di Stefania e Nicola. Ovviamente non era possibile mettere sotto scorta Stefania, come lei aveva provato a chiedere. Non era chiaro chi ce l'avesse con lei e per quale motivo, e poi non disponevano delle risorse necessarie per un intervento del genere. Avrebbero intensificato le ricerche di parenti o conoscenti della ragazza (le volanti avevano già la foto segnaletica) e le suggerirono di prestare maggiore attenzione, di non uscire di casa senza il cellulare, magari di farsi accompagnare e nel caso di mettersi in borsetta uno di quegli spray al peperoncino.

Uscirono dalla questura che Stefania era più scossa e nervosa di quando ci era arrivata.

«E adesso, io cosa faccio?» aveva urlato Stefania dopo aver chiuso con un botto la portiera della macchina di Nicola.

«Cosa ne dici se domenica sera vieni con me a Grazzeno? Intanto per questo fine settimana, stiamo da me. Poi per qualche giorno, finché non si risolve questa situazione, all'Istituto sarai al sicuro, è recintato e protetto, e il mio alloggio è carino. Anche il paese non è male, quando finisco il turno, possiamo farci delle passeggiate nei boschi lì intorno, ti porti dei libri, ti rilassi. Solo qualche giorno.»

Stefania non se lo fece ripetere una seconda volta, aveva troppa paura addosso.

Lungo la strada verso casa di Nicola (viveva in centro, a non più di venti minuti dal bilocale di Stefania), lui le raccontò della seduta di ipnosi con Michela. Sì, non c'era alcun dubbio: la gente che la stava sorvegliando era collegata a quella ragazza. Si chiese se diversamente da quanto avevano pensato non la stessero davvero cercando. A rifletterci meglio, però, il fatto che stessero addosso a Stefania, poteva significare che la stavano ancora cercando. Che all'ospedale non erano riusciti a ottenere informazioni. Oppure, volendo rimanere in incognito, non avevano domandato direttamente. Trovare lei e Nicola all'autodemolizioni era stata una fortuna imprevista, un modo più rapido per scoprire in quale ospedale fosse tenuta la ragazza. Chissà, forse Michela era sfuggita a un gruppo di aguzzini del proprio paese e si era rifugiata da Repossi: l'incidente all'uomo aveva fatto saltare il suo rifugio.

«Non lo so, Stefania. Il rapporto tra i due è strano, c'è qualcosa che non quadra. Non credo che Repossi ignorasse la presenza della ragazza nel suo parco. Lei è troppo legata a lui. C'è in atto un controllo, ma a volte non capisco chi sia il controllato e chi il controllore.»

«Da quello che mi hai detto, quello messo peggio sembra l'uomo. Non hai pensato che possa essere Michela a tenere Repossi imprigionato in una specie di gabbia mentale?»

«Sarebbe assurdo, anche se gli occhi di Michela mentre lanciava quell'urlo erano davvero terrificanti. Prima di allora, l'ho sempre vista come un essere fragile e indifeso, del tutto soggiogato dalla volontà dell'uomo. Forse, però, le cose non stanno esattamente così.»

La domenica sera, quando arrivarono a Grazzeno, il sole era già calato oltre il profilo dei monti. Il paese sovrastava la stretta valle, dalla cima del promontorio sul quale era arroccato. L'Istituto, ai suoi piedi, sembrava una preda tremante tra gli artigli del rapace affamato e il campanile sulla cima il becco aguzzo teso verso il cielo poco prima di iniziare il pasto.

Pasto amaro, pensò Nicola attraversando il viale alberato che conduceva al cancello esterno. Amaro e... piantonato.

C'era un uomo in divisa accanto al gabbiotto del custode. In divisa e armato. Nicola dovette fermare l'auto: il cancello, che di solito si apriva appena il custode lo riconosceva dalle telecamere poste lungo il viale, era rimasto sbarrato.

«Buonasera, desidera?» chiese l'agente.

«Sono il dottor Di Biase, lavoro qui, posso entrare?»

L'agente, dopo aver guardato nel retro della macchina per verificare che non ci fosse nessuno nascosto, consultò la sua cartelletta e disse: «Sì, lei risulta, ma la signorina?».

Nicola si sporse di lato per guardare nel gabbiotto alle spalle dell'agente. Fabrizio Dell'Orto, il custode, era seduto dentro e gli fece cenno di aspettare che ci avrebbe pensato lui. E infatti Dell'Orto uscì e disse al nuovo agente che non c'erano problemi, che anche la signorina poteva entrare. L'agente pretese a ogni modo di registrare le generalità di Stefania e sequestrò la sua carta d'identità. Oltre il cancello, notarono almeno altri due agenti che pattugliavano l'area perimetrale.

«Cosa sta succedendo?» chiese Nicola al primo inserviente che incontrarono dopo aver parcheggiato nell'area riservata al personale. Il ragazzo gli spiegò che c'era stata un'intrusione, un tipo era stato visto sulla porta della camera di Repossi: stava fissando il degente. Un addetto alle pulizie gli aveva chiesto chi fosse e cosa ci facesse lì. Questo, però, era scappato infilandosi nelle scale di servizio. Da lì doveva essere uscito prima che qualcuno riuscisse a fermarlo. L'uomo era riuscito a non farsi vedere in volto. Repossi, comunque, stava bene.

Accompagnata Stefania nella casetta degli alloggi del personale residente, Nicola passò prima a verificare le condizioni di Repossi e Michela, quindi raggiunse l'ufficio della dottoressa Genovesi.

«Quando mai ci siamo messi in questo macello! Quanto mai!» La direttrice era furiosa: «Tutto oggi è successo! Neanche il fine settimana in pace mi lasciano passare, niente! Tutto oggi! Prima questo tipo che, se non voleva fare nulla al paziente, mi chiedo perché sia scappato a quel modo, e poi, come se non bastasse, l'incendio! Si rende conto in che diavolo di macello ci siamo ficcati! Lei poi che ancora non ha scoperto nulla! E sono convinta che le sorprese non sono finite qui.»

«Ma scusi direttrice, quale incendio?» chiese Nicola.

«Lei non legge i giornali, vero? Dov'è stato in questi giorni? Anche se, in effetti, la notizia non è così importante, magari neppure l'hanno pubblicata. È accaduto nel parco demolizioni del nostro paziente. Ha presente? Non c'è appena stato anche lei? Ecco, sabato sera, sul presto, è saltato in aria, bruciato insieme a tutto quello che conteneva, nessun cristiano a quanto pare.»

Le pile di pneumatici avevano preso fuoco. La casa di Repossi e tutti i componenti di plastica delle auto erano stati ridotti in cenere e ammassi neri fumanti. Di tutto quello che c'era prima, rimanevano solo il ferro annerito delle carrozzerie e qualche pezzo di motore. Solo un baule in ferro era stato risparmiato miracolosamente dalle fiamme che avevano disintegrato l'alloggio del proprietario. Il baule e il suo interessante contenuto: una collezione di riviste pornografiche e l'attrezzatura per fumare cristalli di cocaina: il crack.

«Che strano, davvero strano» aveva commentato Nicola fissando perplesso la Genovese.

«Cosa sarebbe strano?»

«No, niente ma, avendo visto dove e come abitava, non avrei mai detto che Repossi si dedicasse a quel tipo di passatempi. Anche dalle analisi mediche non è emerso alcun tipo di tossicodipendenza, o sbaglio?»

«No, De Biasi, non si sbaglia. Però è ciò che hanno trovato in quella casa. Dubito che qualcuno ce l'abbia messa apposta per fargli un dispetto. Comunque ora, come può ben capire, l'attenzione di tutti è puntata su di noi. L'unico aspetto positivo è che da domani avremo un presidio della polizia. Almeno non dovrò più pagare quei sanguisuga della vigilanza privata. Noi, invece, come intendiamo procedere?»

«Voglio provare con un nuovo metodo.»

Nicola spiegò alla direttrice che voleva aggirare uno degli ostacoli che impedivano di arrivare a risultati significativi con Repossi, ovvero il legame con Michela. L'idea gli era venuta riflettendo sul fatto che, durante l'ipnosi della ragazza, l'uomo era sembrato acquistare lucidità. Aveva intenzione di sperimentare una doppia seduta: avrebbe indotto lo stato ipnotico contemporaneamente ai due pazienti, con l'obiettivo di liberare Repossi da eventuali condizionamenti e ottenere un livello più profondo di rilassamento e quindi di apertura comunicativa.

«In altre parole, se ho ben compreso, intende distrarre la ragazza?» chiese la Genovese.

«In un certo senso è così.»

«Funzionasse, però, vorrebbe dire che Michela Zhou in qualche modo riesce a controllare la volontà di Repossi. Che forse, ma mi dica se non sto esagerando, riesce a tenerlo sotto ipnosi.»

«Non so se si tratta di un vero e proprio condizionamento ipnotico, ma quello che ho visto finora lo farebbe pensare.

È come se la ragazza fosse in grado di indurre l'uomo in uno stato permanente di coma apparente, attraverso un comando postipnotico e lo stare lì, accanto a lui, fosse l'unico modo di mantenerlo attivo, riproponendo la sequenza iniziale dell'ipnosi.»

«Sarebbero quelle parole in cinese?»

«Esattamente.»

❦ 9 ❦

Per non correre rischi, a Michela fu iniettata una doppia dose di farmaco. Forse, si disse Nicola entrando nella stanza, era stata una precauzione eccessiva. La ragazza si era dimostrata particolarmente collaborativa. Aveva accolto il dottore sorridendo, alzandosi la manica della vestaglia come se sapesse che doveva fare la puntura e fosse una cosa piacevole e attesa. Non aveva smesso di guardarlo negli occhi e, poco prima di addormentarsi, aveva ringraziato e pronunciato un semplice: «Grazie, dottore, grazie.»

❦ 10 ❦

Appena lasciata la stanza di Michela, Nicola raggiunse Terenzio Repossi nel reparto maschile. Il paziente dimostrò subito un'evidente reattività. Il suo corpo non era più rigido, ma scosso da fremiti e scatti nervosi, come se il flusso sanguigno e la tensione elettrica stessero tornando a circolare dopo una forzata interruzione.

Nicola attese qualche istante. Sapeva che Repossi non avrebbe raggiunto uno stato di piena coscienza, non così presto. Se, come aveva ipotizzato, il grado di condizionamento al quale l'uomo era stato sottoposto andava a toccare il sistema nervoso centrale, alterando i normali processi di pensiero, quello che avrebbe dovuto fare era raggiungerlo nella dimensione in cui era stato imprigionato.

Iniziò.

«Mi riesce a sentire?»

Tenendo sempre gli occhi chiusi, Repossi sorrise.

«Signore, mi sa dire chi è lei? Come si chiama?»

Repossi scosse la testa, come per scacciare un brutto pensiero.

«Come si chiama?» ripeté Nicola.

«Non si chiama, non ha nome... Nessuno di loro ce l'ha...»

Era la frase più lunga che avesse pronunciato da quando l'avevano portato a Villa Luce. Nicola attese sperando di sentire altro, ma l'uomo era troppo agitato, aveva cominciato a respirare con affanno. Decise di riprendere con le domande.

«Chi non ha nome, signore? Lei ce l'ha, non se lo ricorda? Lei ha anche una casa e un posto di lavoro, in via Novara a Milano, non si ricorda?»

«Novara... vengono in processione... gli rubano il nome... io, sono io... no! perché?»

Sempre maggior affanno, cominciò anche a tossire. Le domande dirette non servivano a nulla, ci sarebbe arrivato dopo.

«Tranquillo. Ora provi a respirare più lentamente, permetta all'aria di riempirle i polmoni, piano, così. Bravo Terenzio. Lei si chiama Terenzio, se lo ricorda? Ora siamo a casa sua, nella sua bella casa in via Novara.»

Un sorriso.

«È stato proprio bravo, Terenzio, si è costruito una bella casa. Ora siamo nel suo soggiorno, riesce a vedere i suoi mobili, le sue cose?»

Di nuovo un sorriso. Il respiro stava tornando normale.

«Bene, così va bene, si sa rilassando, si trova sul suo divano in pelle azzurra, vede la sua credenza con le tazze inglesi, i piatti decorati, si ricorda, Terenzio?»

«I piatti, le tazze... sì, sono io!»

Ora andava meglio: avevano stabilito una connessione.

«Sono molto belle anche le foto, ne ha molte, deve aver viaggiato parecchio, vero signor Terenzio? Si ricorda i luoghi che ha visitato? Dove ha scattato le immagini che ha appeso alle pareti del soggiorno?»

«Le foto sono vicino alla finestra, da lì posso vederli, stanno arrivando... Sono qui ancora, i senza nome... non voglio vederli, non se ne vanno dopo... non sono io... no! Lasciatemi in pace.... perché restate qui? Perché?!»

In quel modo non sarebbero arrivati da nessuna parte. L'uomo aveva ripreso ad agitarsi. La connessione era troppo labile, l'incubo che l'ossessionava era una distrazione troppo forte. Nicola aveva bisogno di rendere stabile l'interazione, di ottenere risposte di senso alle proprie domande, per condurre Repossi a un grado di fiducia nei suoi confronti sufficiente ad accettare un comando post ipnotico che avrebbe annullato quello imposto da Michela.

Non c'era modo di scoprire chi fossero i "senza nome", se non attraverso domande dirette. All'inizio, non aveva funzionato ma forse, si disse Nicola, puntando direttamente sull'oggetto dell'ossessione di Repossi, qualche informazione in più l'avrebbe ottenuta.

«Signor Terenzio, ora sente una musica piacevole, leggera. Esce dalle casse del suo stereo nuovo, è una musica che le fa dimenticare ogni timore, anche la paura dei senza nome. Adesso potrebbe anche parlarne, non ne ha più paura, può parlarne e loro non torneranno. Terenzio, chi sono i "senza nome"? Da dove vengono?»

Ma il tentativo fallì. Repossi fu scosso da fremiti sempre più violenti, cominciò a saltare letteralmente sul letto, come in preda a una crisi epilettica. Nicola provò a calmarlo, ma nulla oramai aveva alcun effetto. Dovette sedarlo e interrompere la seduta.

Ora Nicola poteva fare un ultimo tentativo. Raggiunse Maria Elena, l'interprete, che aspettata nella saletta ristoro del personale, accanto alle macchine del caffè. Tornarono nella stanza di Michela. Nicola fece cenno all'infermiera, che era rimasta a vegliarla, che poteva andare. Trovarono la ragazza in stato di dormiveglia.

«Michela, sono il dottor Di Biase, mi senti?»

Michela emise un doppio verso con la gola. Teneva gli occhi chiusi, ma la fronte si era corrugata. Il sorriso col quale l'aveva salutato in precedenza era scomparso. Era come se fosse concentrata su qualche oscuro pensiero.

Dopo il passaggio iniziale con gli esercizi di respirazione e rilassamento, disse: «Michela, siamo nel parco auto di Terri, nella tua bella tana. Sei al sicuro. Sei protetta dalle pareti che hai costruito tu. Nessuno ti può vedere».

Un altro verso.

«Che strano rumore, è lontano, l'hai sentito? Dev'essere all'ingresso del parco, non c'è da preoccuparsi, però sei curiosa, vuoi capire di cosa si tratta. Ascolta bene, chi può essere? Sono per caso i "senza nome"?»

Nessuna reazione.

«Ma sì, ascolta meglio, sono loro, sono arrivati i "senza nome"? Da cosa l'hai capito? Chi sono i "senza nome"? Tu sai come sono fatti, vero Michela?»

Stavolta Michela scandì lentamente delle parole in cinese, in tono grave. Nicola si raddrizzò sulla sedia per ascoltare meglio l'interprete.

«Loro hanno un nome. È scritto nel fuoco e nell'acqua. Hanno un nome.»

Michela scattò a sedere e ripeté urlando l'ultima frase: «Hanno un nome! Hanno un nome! Il mio nome».

«Tranquilla Michela, è tutto a posto. Ho capito, hanno un nome, ora però mettiti sdraiata come prima.»

Michela rimase a fissarlo.

«Hanno un nome!» non ci fu bisogno della traduzione: lo disse in italiano. Un sorriso tirato le si stampò in volto.

«Tu non puoi farlo, tu non sai chi sono, perché gli fai del male?» disse Michela sempre in italiano. Nicola decise di non interromperla. «Quanti sono?» All'improvviso riprese a parlare in mandarino: «Non è giusto, così loro non raggiungeranno mai la Terra Pura» tradusse Maria Elena alle spalle di Nicola. «Lo sai cosa hai fatto? Lo sai che vagheranno per sempre intorno all'Albero del Serpente, che berranno alle acque scure senza Luna e senza Sole. Lo sai? Lo sai quanti sono?»

Faceva caldo, Nicola guardò verso la finestra, era chiusa. Anche la porta della stanza era stata accostata. L'aria condizionata pareva funzionare, la spia verde dell'interruttore a parete accanto al mobile di Michele era accesa. Eppure Nicola sentiva caldo, cominciava anche a mancargli l'aria.

«Sente anche lei questo caldo?» sussurrò voltandosi verso Maria Elena.

«Sì, un poco, non così tanto, però.»

Si voltò di colpo. Michela aveva ripreso a parlare in cinese, a sussurrare verso di lui: «La tua vita non vale un solo istante delle vite che stai umiliando. Quanti sono? Quanti sono?»

Le ultime due parole, due sillabe pronunciate nella lingua della ragazze, la prima acuta, l'altra grave, quasi gutturale, colpivano i timpani di Nicola come colpi secchi di martello su pareti di legno. «Quanti... sono? Quanti... sono?»

Non aveva senso continuare in quel modo.

«Michela abbiamo finito, chiudi gli occhi, adesso sei stanca, hai bisogno di dormire, stenditi sul lettino, sono andati via tutti.» Michela non oppose resistenza e tornò a sdraiarsi. «Respira a fondo, tranquilla, hai bisogno di riposare, sei al sicuro.»

Michela si voltò di lato abbracciando il cuscino, sorrise tenendo gli occhi chiusi, espirò l'aria che aveva nei polmoni e si addormentò.

Nicola e l'interprete uscirono dalla stanza.

«Tutto bene?» gli chiese Maria Elena.

«Non lo so» rispose Nicola «mi è venuto un forte mal di testa, credo andrò a stendermi anch'io. Grazie di nuovo per il supporto, Maria Elena. Se avrò bisogno la farò disturbare ancora».

«Non si preoccupi, non è affatto un disturbo, mi chiami quando vuole, questa settimana rimarrò a Domodossola. Lei, piuttosto, vada davvero a riposarsi, ha una faccia terribile.»

✦ I I ✦

Stefania aspettava seduta sul divano del salottino, appena oltre l'angolo con la cucina a vista. Leggeva. Il sorriso che aveva preparato per l'ingresso del suo ragazzo, svanì appena vide Nicola varcare la porta.

«Nicola, Madonna! Cosa è successo? Stai male?»

Nicola non le disse nulla, posò il camice sulla prima sedia e si fiondò in bagno. Chiuse la porta a chiave (cosa che di solito non faceva) e infilò la testa nel water per vomitare. Non gli venne fuori nulla. Nella strada dall'Istituto alla casetta del personale, il dolore si era esteso dalla testa allo stomaco, rapido, pulsante, insopportabile. Tanto che gli ultimi metri li aveva fatti quasi barcollando.

Cosa diavolo gli era venuto?

Prima delle due sedute, stava bene. Per tutta la mattina si era sentito leggermente più stanco del solito, ma si era detto che sarebbe bastata qualche ora di sonno e l'intorpidimento alle gambe e alle spalle sarebbe passato. Ora, invece, sembrava qualcosa di peggio. Aveva tutta l'aria di un'influenza. Forse aveva preso troppo caldo. Un colpo di sole al parco demolizioni?

Stefania bussò alla porta del bagno.

«Perché ti sei chiuso dentro? Apri la porta per cortesia. Si può sapere cosa ti è venuto? Hai per caso bevuto?»

No, non ho bevuto, non ci sono alcolici all'Istituto, le disse. E poi non beveva mai quella roba, non la sopportava. Al massimo, se capitava, si concedeva un boccale di birra o un goccio di vino. Però era vero: l'effetto sembrava quello di una bevuta pesante, un male cane alle tempie e tutto che girava. Chissà, forse la chiacchierata con Michela e Repossi gli aveva dato alla testa, aveva fatto alzare il tasso alcolico nel suo sangue riducendolo in quello stato. Ora doveva solo sdraiarsi e non sentir più niente e nessuno per almeno una settimana.

Aprì il bagno e uscì. «Mi sento male, mi scoppia la testa, ma adesso passa, mi devo solo sdraiare. Passerà subito.»

«Hai parlato con quell'uomo? Cosa ti ha detto? È per quello che non stai bene?»

«Sì, ma non ne ho cavato nulla. Forse Repossi ha fatto qualcosa, qualcosa di terrificante, ma non posso esserne sicuro. Michela è terrorizzata da lui. Ha parlato dei "senza nomi", di gente alla quale viene rubata l'identità, ma non so cosa signifìchi.»

«Dici che si tratta di altri cinesi? Sono loro quelli a cui viene rubato il nome?»

«Forse, non so, adesso ho un mal di testa terrificante.»

«Mi è venuta in mente una cosa, non so se c'entra con questo, ma a scuola ne abbiamo parlato, sai abbiamo tanti studenti cinesi. Ho dei colleghi che non riescono a sopportarli e ne dicono di tutti i colori.»

«Sì, Stefania, ma...»

«Dicono le solite cose assurde, tipo che mangiano i cani randagi e che, appunto, non muoiono mai.»

«Non muoiono mai...»

«Sì, chissà, forse Michela ha scoperto cosa c'è dietro, forse quel che si dice non è del tutto falso. Potrebbe essere così, no? Magari Repossi non rottamava solo automobili.»

«Stefania per favore, non ce la faccio più. Possiamo parlarne dopo. Ho bisogno di riposare, la testa mi esplode, per favore.»

«Ho capito, ma tu non farmi preoccupare. Stavi benissimo questa mattina: possibile ti sia venuto in poche ore? Che poi non hai mai sofferto di mal di testa.»

«Lo so, lo so. Per favore, Stefania.»

«Va bene, magari ne parliamo dopo, quando starai un po' meglio.»

Stefania gli diede un'aspirina effervescente e lo accompagnò in camera. Lui si tuffò sul materasso e si nascose la testa sotto il cuscino. Aveva bisogno di fermare quel tamburo che gli suonava sulle tempie, lo scricchiolio delle pareti, lo sbattere dei rami fuori nel parco dell'Istituto, lo stridore dell'aria contro ogni cosa, lo scorrere dell'acqua nelle pareti, il sangue nelle vene del mondo.

Stava impazzendo.

Stefania aveva appena chiuso la porta, e Nicola la sentì dire: «Quanti sono... Quanti? Quanti sono?»

La richiamò indietro.

«Stefania! Cosa diavolo hai detto?»

«Amore, non ho detto proprio niente.»

«Non è vero, ti ho sentito, ho sentito quello che hai detto.»

«Guarda che ho chiuso la porta e non ho detto niente. Non sono nemmeno arrivata al divano.»

«Stronza! Lasciami in pace! Chiudi quella porta di merda e vattene!»

Stefania rimase pietrificata. Non era da lui, non si era mai comportato così, né con lei né con nessun altro. Anzi, Nicola era l'uomo meno volgare e aggressivo che lei conoscesse. Era uno di quelli che devono sempre ripetere le cose perché parlano con la voce talmente bassa che la prima volta non si capisce mai. Nicola aveva detto di non aver bevuto, ma con un urlo del genere sembrava proprio ubriaco perso. Gli voltò le spalle senza replicare.

Che bella situazione del cavolo. Era andata in quel posto dimenticato da Dio perché Nicola la proteggesse da quelli che la pedinavano, e ora stava andando fuori di testa. Cosa stava accadendo? Possibile che da quando la ragazza cinese e quell'uomo erano entrati nella loro vita stesse andando tutto nel verso sbagliato? Adesso il mal di testa stava venendo anche a lei. Decise di non restare lì ad aspettare. Almeno avrebbe cercato di capire cos'era successo a Nicola. Uscì e si diresse verso l'Istituto.

Attese oltre mezz'ora prima di incontrare la direttrice, ma la fatica non valse a molto: la dottoressa Genovese non sapeva cosa dirle, non era al corrente del malessere del dottor Di Biase, non le avevano riferito nulla in merito alle sedute di ipnosi che aveva svolto con i due pazienti. Anzi, le disse con una certa irritazione che, appena il suo fidanzato si fosse sentito meglio, era pregato di riferirle i progressi del proprio lavoro.

Prima di tornare all'appartamento, Stefania decise di sfogare il nervoso rilassandosi qualche minuto nel parco dell'Istituto. Aveva bisogno di respirare aria fresca, di stare all'aperto. Le sensazioni che provava accanto a Nicola non le piacevano. Non dopo averlo sentito urlare in quel modo, non dopo il tono e le parole che aveva usato.

Prese un caffè alle macchine automatiche del pian terreno e si mise a passeggiare tra le querce dei giardini. In fondo, Nicola aveva ragione: in un altro momento, in una situazione differente, Grazzeno non sarebbe stato così male, neppure quella villa. Anche se c'era qualcosa in quel posto, all'ombra delle alte mura in pietra, tra i vialetti acciottolati, che la metteva a disagio. Forse era solo il pensiero della follia che contenevano. Potevano chiamarlo come volevano, ma era sempre un manicomio, una casa per pazzi. Nicola era uno strizzacervelli, e lei era la fidanzata di uno strizzacervelli. Peccato che ora il medico dei matti stesse andando fuori di sé: aveva la testa che gli scoppiava, come se qualcuno stesse godendo a spremergliela come un limone.

Con questi pensieri si spostò da una panchina all'altra, da un'aiuola all'altra, con gli occhi persi tra le macchie di verde delle montagne strette a guscio intorno a Grazzeno. Perse la nozione del tempo. Era uscita che erano le quattro del pomeriggio e adesso l'ombra dei rilievi era scesa da un pezzo a coprire i tetti delle case di pietra. Quando mise piede in casa, si rese subito conto che Nicola non era più nel suo letto.

Era uscito.

❧ 12 ❀

Perché mi tieni legato? Non ho fatto nulla di male. Non sono io il demone che devi cacciare. Non sono io a decidere, sono loro che scelgono, uno a uno, in lenta processione. Io tengo solo la porta aperta per il loro passaggio. È così che rimangono senza nome, che non muoiono mai. Io non faccio nulla di male. Liberami, lasciami andare. Non sono io il serpente che stai cercando.

❧ 13 ❀

Dov'era finito? Stefania non era lì con lui. C'era un sacco di fumo, dolce, pungente, piacevole. Ce n'era talmente tanto da offuscare la vista. Ma non era qualcosa che bruciava, o fumo di sigarette o di sigaro. Nemmeno marijuana, quella l'avrebbe riconosciuta, aveva imparato nei concerti dove doveva accompagnare Stefania e le sue amiche. Era qualcos'altro. Lo capì quando andò a sbattere contro le gambe che spuntavano da un materasso. Era qualcuno piegato a fumare una pipa di vetro trasparente. Crack. Si trovava in una grossa capanna di paglia, piena di giacigli di fortuna, con gente che ci fumava sopra. Doveva essere una specie di fumeria di crack, ecco cos'era. Gli uomini, e forse un paio di donne, erano tutti cinesi. Nessuno badava a lui. Vide un passaggio coperto da una tenda di perline di legno, ci passò attraverso e sbucò in un ambiente completamente differente, con pareti di pietra, più basso e stretto. Qui il fumo era scomparso, ma in compenso sentì uno strisciare di cose umide sotto i piedi, corpi molli e scivolosi, corpi che strisciavano e che saltavano, che sibilavano e che gracchiavano. Rane e serpenti. L'ambiente ne era pieno, il pavimento in mattoni chiari, letteralmente invaso. Ci passò sopra, sopra quelle teste e quei corpi fatti di squame.

Perché si trovava lì?

Dopo un po' capì: ma sì, certo, era il posto dove avrebbe compreso ogni cosa, dove il segreto di Michela Zhou e Terenzio Repossi gli sarebbe finalmente stato svelato. I serpenti e le rane, ma certo. Anche il crack aveva un senso. Era tutto chiaro. Doveva solo andare oltre, arrivare al cuore di quella costruzione. Doveva fare in fretta, prima che il fuoco arrivasse, perché sapeva che sarebbe arrivato e avrebbe bruciato ogni cosa, cancellato per sempre la verità, costringendo quelle povere anime a vagare in eterno.

Ormai non aveva più alcun dubbio su cosa accadeva al parco di Terri. Era come aveva detto Stefania: quando giungevano al capolinea della loro vita li portavano da Repossi perché gli venisse rubato il nome, e con esso l'anima e il cuore. Diventavano Jian, fantasmi dei fantasmi, spettri sofferenti, ombre inquiete, navi alla deriva senza bussola o stella, spiriti incapaci di reincarnarsi. Era così che potevano arrivare gli altri, per continuare la catena. I nuovi prendevano i nomi dei morti. Era quello il segreto dei cinesi. Attraversò un altro passaggio e un altro ancora finché, correndo, giunse dove si aspettava di incontrare il demone. Doveva essere veloce, più veloce del fiume di fiamme che sentiva rodere e masticare alle sue spalle, una piena inarrestabile e insaziabile che a breve l'avrebbe travolto.

Ed eccolo alla fine. Nicola si trovava a pochi passi dall'altare centrale della più grande, monumentale e ricca cattedrale che avesse mai visto, un tempio celeste fatto di marmo lucente, ori e arazzi di porpora. L'altare era piantato al centro, con centinaia di panche ordinate in file concentriche, tranne un lato occupato da un'enorme vasca colma d'acqua e circondata da felci e vasi di fiori colorati. L'acqua torpida, da una cascata aperta nel mezzo di una navata laterale, si tuffava in un canale di marmo e scorreva fino alla vasca posta ai piedi dell'altare.

Qui, di spalle, vestito con un lungo manto rosso, il demone accompagnava la fila di persone a immergersi nella vasca. I loro corpi, senza porre alcuna resistenza, affondavano e si scioglievano in quella che (da vicino Nicola vide le bolle intorno alle gambe delle persone) non era acqua, ma acido.

Erano loro i "senza nome", era così che sparivano. Era tutto vero: Terenzio Repossi era il demone che terrorizzava Michela, che mangiava l'anima degli innocenti e li trasformava in Jian.

Ora toccava a lui fermarlo. Non c'era nessuno ad aiutarlo. Doveva fare da solo. Si guardò attorno cercando qualcosa con cui colpirlo. Vide un pesante candelabro dorato. L'afferrò con entrambe le mani e lo sollevò sopra la propria testa. Facendo piano, si avvicinò alle spalle del demone. Nessuno lo fermò, nemmeno il fuoco che aveva cominciato a consumare i muri della cattedrale, a fondere gli ori e gli arazzi, ad annerire i dipinti e le statue. Colpì a occhi chiusi, con tutte le forze che aveva in corpo, una, due, tre volte.

Sentì il corpo di Repossi cadere, piegarsi, farsi sempre più piccolo sotto i suoi colpi. Quando alla fine aprì gli occhi per vedere cosa aveva fatto, si svegliò.

Dov'era andato Nicola? Possibile che si fosse svegliato e sentendosi meglio fosse andato a lavorare? In fondo erano passate quasi tre ore. Possibile che l'avesse fatto senza dirle niente, senza cercarla, senza lasciarle almeno un biglietto di scuse?

Stefania doveva capire, vedere se Nicola stava bene, se era tornato il Nicola che conosceva e amava.

Arrivò nell'atrio dell'Istituto. Capì subito che era accaduto qualcosa di strano. C'era troppa agitazione. Infermieri e inservienti spingevano i pazienti del primo piano a rientrare nel reparto e nelle stanze. Un'infermiera corse giù dalle scale centrali con gli occhi piantati a terra e la faccia paonazza e passandole accanto quasi la buttò a terra.

Stefania salì al secondo piano dove però qualcuno le si parò davanti dicendole che non poteva andare oltre, che doveva scendere.

Ma lei doveva parlare con Nicola, doveva chiederli se stava bene, abbracciarlo, dirgli che non le importava quello che le aveva detto, che era solo colpa della stanchezza, che non ce l'aveva con lui, che dopo il turno sarebbero andati a mangiare qualcosa in qualche bella osteria, e tutto sarebbe tornato come prima.

Ma quelle grosse mani insistevano strette intorno ai suoi avambracci, la spingevano indietro, dicevano che era successo un incidente e che lei doveva tornare di sotto. A Stefania non interessava quello che quell'uomo aveva da dirle, non le sentiva neanche più le sue parole. Con uno strattone si liberò dalla presa e scivolò a terrà, strisciò sotto le gambe dell'uomo e riuscì a rialzarsi alle sue spalle, libera di correre verso il centro del corridoio dove c'era altra gente, davanti all'ingresso di una delle camere. Nicola era lì. Era seduto per terra con la schiena appoggiata alla parete, lo sguardo fisso sulle proprie mani, mani sporche, rosse di sangue.

Nella stanza di fronte, sdraiato nel proprio letto, giaceva senza vita Terenzio Repossi, il corpo trafitto da decine di colpi, un coltello da cucina ancora conficcato nel fianco, lì dove l'aveva lasciato il dottor Di Biase dopo l'ultimo di una serie di colpi che gli aveva inferto con inaudita violenza.

◈ I 5 ◈

Cos'era successo? Cos'era saltato in mente a Di Biase? Perché si era portato un coltello da casa? Perché quella violenza contro un paziente inerme?

Stefania piangeva, sentiva le domande e percepiva gli sguardi su di sé, ma continuava a ripetersi che era tutto un incubo, il peggiore che avesse mai avuto, un incubo che non voleva finire. Nicola era piantonato in una stanza accanto. Stavano aspettando l'arrivo della Polizia.

Lei si trovava nell'ufficio delle direttrice, con un collega di Nicola e altri due infermieri. La Genovese alternava momenti di rabbia a sguardi di puro terrore. Gli altri non riuscivano a dire nulla.

Stefania, anche volendo, non avrebbe saputo cosa rispondere. Non aveva visto Nicola uscire di casa, non sapeva che avesse preso il coltello.

Ben presto, però, anche le lacrime finirono, e allora con il fazzoletto che l'infermiere le aveva dato si asciugò il volto, provò a respirare più lentamente, a riprendere lucidità, a tornare un poco in sé. Doveva fare qualcosa, tentare di dire qualcosa per aiutare Nicola. Non poteva finire così.

E allora raccontò quello che Nicola credeva di aver scoperto. Disse degli uomini senza nome, dei cinesi che non muoiono mai, del fatto che Michela fosse terrorizzata da quel boia, che forse...

La Genovese la bloccò. Le mostrò un foglio. L'avevano ricevuto poche ore prima, era stato inviato via mail dal Policlinico di Milano. Era una comunicazione ottenuta dal Consolato cinese. Si trattava di una cartella medica proveniente dall'Ospedale Psichiatrico di Huaihua, una città nel Sud-Est della Cina, nella provincia dell'Hunan. A quanto si leggeva, la donna che non aveva sedici anni, bensì ventisette, in realtà si chiamava Chen Chunjun. Da diversi anni si era allontanata volontariamente dal proprio paese, viaggiando attraverso l'Europa e assumendo identità differenti. In qualche modo era sempre riuscita a scappare dalle strutture psichiatriche o assistenziali nelle quali veniva ospitata. Non aveva mai fatto nulla di grave, mai compiuto reati. Soffriva di una grave forma di schizofrenia, conseguente a un evento traumatico vissuto all'età di otto anni. La sua famiglia era morta in un suicidio di massa nel quale si tolsero la vita trenta persone. I suicidi, dopo aver ingerito un cocktail di pesticidi, si erano lasciati affogare in una piscina all'interno di una grossa villa nella periferia nord di Huaihua. La ragazza e un'altra bambina furono le uniche sopravvissute.

Repossi, molto probabilmente, non si era macchiato di nessun delitto. Aveva avuto solo la sfortuna di imbattersi in questa donna, forse nella fase più acuta della sua malattia, oppure semplicemente dopo un lungo periodo di interruzione dell'assunzione dei farmaci, che ne dovevano ridurre gli effetti. La stessa cosa doveva essere capitata al dottor Di Biase, che in modo inspiegabile si era lasciato travolgere delle allucinazioni e dai deliri della donna.

Quando arrivò la Polizia, Stefania fu a lungo interrogata dagli agenti. Prima di rilasciarla l'avrebbero condotta alla questura di Domodossola per la stesura del verbale e la firma delle dichiarazioni che aveva rilasciato. Non le avrebbero fatto salutare Nicola. Si sarebbero visti nei giorni successivi.

Accompagnata fuori dall'ufficio della Genovese, con l'aria stravolta e dolori in tutto il corpo, Stefania alzò solo un istante lo sguardo per vedere chi ci fosse nel corridoio. Nel punto esatto dove prima era seduto Nicola, dietro a un piccolo gruppo di medici, vide Michela Zhou (o comunque si chiamasse). Aveva il volto radioso e gli occhi lucidi, e le stava facendo ciao con la mano. Dalle labbra lesse chiaramente che stava scandendo la parola "grazie".

Ogni cosa al suo posto

C'era tutto. Un blocco di fogli bianchi. I post-it rosa e gialli. Uno stupendo portapenne. Il monitor piatto, la tastiera, il mouse senza fili. Ogni oggetto ordinato e luccicante sopra il piano di lavoro laminato, protetto da un foglio di plexiglas antigraffio.

Un sogno? No, non stava sognando. Quello, forse, aveva da poco smesso di farlo. Questa era la realtà, la poteva toccare, ci stava seduto sopra, la sentiva nell'aria dell'ufficio carica del respiro dei colleghi (che bella parola "colleghi") e delle frasi dette, sussurrate, scandite al telefono, o battute sui tasti del computer.

Quanto gli era mancata quell'aria. Da tanto, troppo tempo Riccardo Bernini aveva smesso di essere qualcuno, di svegliarsi la mattina con qualcosa da fare e andare a letto stanco e soddisfatto. Un uomo senza un lavoro non è un uomo. È semplicemente un parassita che vive sulle spalle degli altri, che si nutre della fatica e del sacrificio dei suoi simili. Un uomo del genere non è degno di rispetto, non si merita nulla se non lo scherno e il rifiuto del mondo.

Riccardo Bernini aveva rischiato di diventare un parassita.

Dopo che la Sirtex di Albairate aveva annunciato la cassa integrazione per cinquanta dipendenti e il suo nome era apparso in quella maledetta lista, per Riccardo Bernini era cominciata un'odissea dalla quale aveva cominciato a temere che non sarebbe mai uscito. Si era visto in disgrazia, senza più casa e famiglia, ridotto come un animale agli angoli delle strade, a chiedere l'elemosina e a rovistare nei cassonetti, con addosso i cenci dei vestiti che un tempo indossava per andare al lavoro, quando era un uomo e non un parassita.

La prima cosa che perdi quando non hai più un lavoro è la famiglia. Tua moglie ti sopporterà per qualche tempo, ti spronerà a cercare altro, ti rassicurerà e ti consolerà quando tornerai avvilito dai colloqui di lavoro. Ma la sua pazienza non sarà infinita. Quando la situazione comincerà a trascinarsi troppo a lungo, quando le tacche sul calendario della tua disoccupazione diventeranno numeri a due o tre cifre, la tua donna comincerà a pensare che in quello stato, in fondo, non ti ci trovi tanto male. Sarà visitata dal dubbio che non sei più l'uomo del quale si era innamorata e che aveva sposato. Che tu, forse, non sei la persona più adatta a crescere i suoi figli. Che la sua vita non si merita di essere spesa accanto a un essere destinato al fallimento e alla povertà. Comincerà a guardarsi intorno, in cerca di altro, di un vero uomo e non di un parassita come te.

Capirà che se non ti trovi un nuovo impiego, la ragione è che a lei e ai bambini tu non ci tieni. Che sei un bastardo egoista, che molto probabilmente ti sei trovato un'altra donna che ti prepara da mangiare e ti porta a letto. È per questo che non ti preoccupi della situazione, che vai avanti tranquillo e non te ne frega niente della fatica che lei deve fare per portare avanti la casa, pagare le bollette, far fare ginnastica e catechismo ai bambini, coprire le rate dell'apparecchio dei denti della bambina, e tutte le altre cose.

Tu sai che non è vero. Te lo ripeti ogni volta, ogni dannata volta che ti sistemi i capelli e la giacca prima di entrare nell'ennesima porta a vetri con apertura automatica di un'agenzia. E te lo continuerai a ripetere anche dopo, anche quando uscirai di lì con la tua stupida cartelletta con gli elastici svuotata di qualsiasi promessa di impiego, e sarai tentato di mandare al diavolo tutto e tutto.

Quasi due anni di colloqui, di inutili corsi di aggiornamento, di sorrisi finti, di troppi «mi dispiace», di «il suo curricolo è troppo specializzato per questo tipo di lavoro», di «non si preoccupi, vedrà che qualcosa presto o tardi salterà fuori qualcosa», di «lei ci è molto piaciuto ma la direzione ha preferito segnalare una persona più giovane». Due anni così sono davvero troppi, soprattutto per una persona con la coscienza e l'amor proprio di Riccardo Bernini.

❧ 2 ❧

Riccardo Bernini non era abituato ad arrendersi. Non si sarebbe mai fatto compatire. Non era mai stato un perdente e non lo sarebbe diventato. Era un debito nei confronti del nome che portava, della memoria di suo padre e di suo nonno. Entrambi erano stati lavoratori perfetti. Mai un giorno di malattia, mai un richiamo, mai un licenziamento. Anzi il nonno, dopo anni trascorsi come garzone di drogheria a Milano, era riuscito ad aprire un suo piccolo spaccio, vicino a casa, dalle parti di Cornaredo. Era sempre pieno di clienti e in quegli anni aveva messo da parte parecchi soldi. Vendeva di tutto, prodotti confezionati e qualche piatto caldo. Persino stecche di sigarette. I piatti li cucinavano nonna Tecla e zia Marietta, cose semplici economiche e saporite, di quelle che piacevano agli operai e ai camionisti. Papà, dal canto suo, aveva lavorato per oltre cinquant'anni all'Azienda Elettrica di Milano, come responsabile del collaudo tecnico e funzionale degli impianti di potabilizzazione della città. Non aveva mai fatto mancare nulla alla famiglia, con uno stipendio non certo da capogiro, ma sufficiente a coprire le spese e a mandarli in agosto tre settimane al mare, in Liguria, ad Albenga che piaceva tanto alla mamma. Papà aveva iniziato a lavorare a quattordici anni, studiava di sera e andava in un'officina meccanica di giorno. Una vita dedicata al lavoro e alla famiglia.

Riccardo Bernini non poteva essere da meno. Il sangue voleva pur dire qualcosa. Durante quei giorni bui, per darsi coraggio, si era messo nel portafogli una vecchia foto di suo padre: la guardava ogni volta che si sentiva i nervi a pezzi e il fiato corto. Nell'ultimo periodo, anche fin troppe volte. Era una sensazione devastante sapere di non aver nulla da fare, che la sua giornata era vuota, che a nessuno importa qualcosa di lui, soprattutto vedere tutte quelle persone correre, parlare, spingersi. Gente affannata, di corsa, gente a piedi, in macchina, in moto, in bici, gente impegnata e a bordo di qualsiasi mezzo immaginabile. Era un incubo vedere che tutti avevano qualcosa da fare. Tutti tranne lui. Il suo telefono non suonava, la sua posta elettronica era vuota, nessuno chiamava il tuo nome lungo la strada.

La morte lavorativa è di fatto la morte civile.

Riccardo Bernini, però, non era mai stato un perdente. A scuola, sul lavoro, si era sempre fatto rispettare da tutti, in ogni occasione. Era capace di mostrarsi sempre all'altezza della situazione, pronto, aggiornato, appassionato alle sfide che gli si presentavano. Certe cose non cambiano, non possono cambiare. Dall'oggi al domani non si può diventare un inetto, uno stordito, un ridicolo nullafacente.

❧ 3 ❧

Per il primo giorno del nuovo lavoro, si era comprato un vestito, grigio scuro. Ci aveva abbinato una camicia bianca e una cravatta bordeaux. Aveva comprato tutto al centro commerciale. Si era fatto accompagnare da sua moglie Lina. Da solo non ce l'avrebbe fatta, non ce la faceva mai. Odiava andare a comprarsi i vestiti, gli faceva venire l'emicrania e il voltastomaco.

Lina finalmente era contenta, soprattutto per lui, diceva. L'aveva visto parecchio giù di morale in quel periodo, soprattutto da quando era stato confermato il licenziamento. Non sembrava più lui, aveva sempre il muso, era abulico, assente.

Lina non aveva tutti i torti. Anche lui faticava a riconoscersi. Era come se stesse subendo una mutazione, come se in certi momenti il proprio corpo si trasformasse in quello di un estraneo. Si sentiva lento, stanco, i muscoli induriti e pigri. Sentiva dolori dove non li aveva mai avuti.

E poi era cominciata quella cosa assurda dello specchio. Non ricordava quante volte fosse accaduto. Si specchiava e non riusciva a riconoscersi. Si guardava e dentro i suoi vestiti c'era un altro uomo, uno sconosciuto con lineamenti ed espressioni differenti dai suoi. Non rimaneva a lungo, solo qualche secondo, ma bastava a lasciare Riccardo Bernini senza fiato per il resto della giornata.

Capitava soprattutto nei periodi in cui non arrivavano chiamate per i colloqui, ed era costretto a fare la spola tra l'ufficio provinciale del lavoro e le varie agenzie di collocamento. Riceveva proposte imbarazzanti per un uomo della sua età, soprattutto con la sua esperienza. Più di una volta gli avevano detto che, visto che aveva un po' di tempo libero, poteva cogliere l'opportunità per frequentare qualche interessante corso di formazione.

Formazione, Dio santo!

Si era ritrovato in aule piccole e senza finestre, in compagnia di adolescenti ritardati e uomini di mezza età con evidenti tare mentali. In cattedra salivano personaggi inquietanti, sudaticci, incerti, spaventati o eccessivamente aggressivi, tutti concentrati a illustrare i modi più furbi di redigere un curriculum vita, di gestire i colloqui, di affrontare con dignità il periodo della disoccupazione.

Ogni volta ne usciva sempre più sconsolato. Erano trascorsi sei mesi così, sei mesi di vuoto assoluto. Mesi buttati a vagare come un fantasma. Finché aveva deciso di provare con Internet.

Aveva trovato un sito: Laborint, sembrava differente dagli altri. Gli aveva ridato un certa dose di entusiasmo. Ogni giorno arrivava qualcosa. Le prime due settimane nulla di che, roba che non aveva nulla a che fare con il suo profilo professionale. Poi, finalmente, cominciarono ad arrivare offerte sempre più interessanti.

Le inserzioni venivano inviate direttamente alla sua posta elettronica. Erano pubblicate sempre da agenzie di collocamento, ma non dalle stesse alle quali si era rivolto fino a quel momento. Queste non ricevevano in squallidi negozi con vetrine fronte strada e le insegne colorate, ma in lussuosi uffici all'interno di palazzi signorili del centro. Il personale era sempre sorridente. All'inizio furono un paio di appuntamenti al mese, non molto a dire il vero, ma abbastanza perché Riccardo Bernini si convincesse che la malasorte lo stava abbandonando.

Col passare dei giorni, tuttavia, gli esiti non parvero migliorare. Gli esaminatori, qui, erano molto più gentili e preparati, mostravano interesse per la sua esperienza, facevano un sacco di domande, si congratulavano per le ottime referenze. Ma alla fine c'era sempre una bocciatura, motivata dal fatto che le società per le quali l'agenzia lavorava stavano cercando un profilo differente dal suo, anche se non escludevano che a breve si sarebbe trovato qualcosa di più adeguato. Non ne avevano alcun dubbio. E stringendogli la mano, gli dicevano di non disperare, di aver fiducia in loro.

Fiducia e pazienza. Dopo oltre un anno non sarebbe stato semplice, ma Riccardo Bernini ce l'avrebbe fatta. Ce la doveva fare.

La prova più dolorosa (se si esclude la questione dello specchio) era affrontare ogni sera il sorriso speranzoso di Lina che sfocava quasi subito in un'alzata di spalle consolatoria e in ripetuti «non fa niente, la prossima volta andrà meglio», che però a stento mascheravano una crescente incomprensione e perplessità. Lina non lo aveva mai giudicato, non aveva mai criticato il suo modo di affrontare la crisi lavorativa, ma sapeva che la fiducia di sua moglie perdeva giorno dopo giorno solidità e che, presto o tardi, sarebbe crollata.

Finché un giorno, affrontò un colloquio di lavoro che gli aprì inedite e assai concrete prospettive di cambiamento.

❧ 4 ❧

Da qualche tempo, Riccardo Bernini aveva superato il filtro del portale online Laborint: ora i cacciatori di teste della DeltaJob lo chiamavano direttamente al cellulare. La DeltaJob selezionava dieci candidati. Li sottoponeva ad altri tre test attitudinali, e quindi ne individuava tre. Alla fine, di questi tre solo due venivano proposti all'azienda.

Nel mese di ottobre 2012 (il primo colloquio si era svolto ad aprile), Riccardo Bernini si era ritrovato nella coppia di candidati per un posto alla Siemens Italia, filiale di Milano.

Il suo antagonista non lo preoccupava. C'era persino da chiedersi come fosse arrivato fin lì. Era l'esatto opposto del profilo che l'azienda tedesca stava cercando. Sguardo spento, vestito male, aria indifferente e infastidita. Eppure, durante la selezione, si era confrontato con numerosi tipi tosti. Uomini e donne con il marchio del successo stampato in volto, fatti su misura per vincere qualsiasi competizione. Sicuri di sé, entusiasti, con la voce e i modi impostati, fisici dominanti, tutti molto più giovani di lui che erano, però, stati scartati. Uno dopo l'altro erano caduti come birilli sghembi.

Erano rimasti lui e il tizio assurdo. Una passeggiata dal risultato scontato. Dopo tanto tempo Riccardo Bernini avrebbe rivisto la luce, avrebbe ottenuto di nuovo il biglietto per essere ammesso al gran ballo della vita, sarebbe tornato a camminare a testa alta in mezzo ai suoi simili, nessuno si sarebbe più permesso di compatirlo. A cominciare da Lina.

Quella sera, a casa, il sorriso di sua moglie non sarebbe svanito tanto in fretta, anzi si sarebbe allargato in un grido liberatorio, si sarebbe gettata di corsa tra le sue braccia e lui l'avrebbe fatta girare come una giostra, facendole staccare i piedi da terra, come da troppo tempo non faceva.

Chiamarono prima lui.

Evidentemente, a quel povero sfortunato, la brutta notizia l'avrebbero comunicata subito dopo, prendendosi più tempo, magari per consolarlo, per garantirgli che il prossimo posto che si sarebbe liberato sarebbe stato suo, che non avrebbero fatto un'altra selezione, che avrebbero chiamato subito lui.

Fu esattamente quello che dissero. A lui, però. Riccardo Bernini era il nome scartato. Gli uomini della Siemens erano desolati, ma avevano scelto l'ometto assurdo, l'essere insulso e impacciato che stava aspettando nella sala dietro la porta, con in mano una vecchia e sbiadita rivista di software.

Riccardo Bernini uscì a piccoli passi dal palazzo a vetri, in stato di trance. Continuò a camminare senza meta, svuotato, incapace di pensare a nulla. In realtà non si allontanò molto. Rimase sul marciapiedi dal lato opposto della strada. Poco alla volta i pensieri seppur disarticolati tornarono a farsi vivi. Non poteva essere stata solo un'illusione. La soluzione a tutti i suoi problemi, la definitiva rinascita era lì, l'aveva sfiorata, non ci era mai arrivato tanto vicino. Non poteva essere già finito prima ancora di cominciare. Era come cadere in un fossato nascosto appena prima dell'uscita da un tunnel buio e soffocante.

Con che faccia sarebbe tornato a casa?

Ormai anche Lina aveva dato la sua assunzione come certa, si trattava solo di sbrigare alcuni noiosi dettagli burocratici. Così gliel'aveva presentata Riccardo. A lei e a tutti gli amici, vicini di casa compresi. Oltre al vestito, si era comprato una borsa nuova, e aveva già fatto l'abbonamento ai mezzi pubblici. Tanto quella mezz'ora di strada con tram e autobus, da quel giorno l'avrebbe fatta tutte le mattine, per chissà quanti anni.

Non poteva tornare a casa. Non così.

Rimase lì a guardare l'insegna verde della Siemens, le grandi esse che incorniciavano la parola "iemen". Quanto ci aveva riso con Fabrizio, il loro amico di famiglia. Lui continuava a ripetere che sarebbe andato a lavorare in Yemen, in uno degli stati arabi più pericolosi, un mondo distante, minaccioso, inquietante, ma a soli due passi da casa. Un paese pieno di esse, di serpenti.

Non poteva tornare a casa. Rimase lì, inchiodato, sul marciapiede opposto, a fissare la sagoma immobile e fredda dello Yemen, il paese dei serpenti.

Fino a quando lo vide.

L'essere insulso stava uscendo. Non sorrideva. Aveva vinto, aveva steso decine di avversari, distrutto le speranze di Riccardo Bernini, e neanche sorrideva.

Si chiamava Paolo Gobbi. Tutte le volte che li avevano fatti entrare nella stanza dei colloqui, una signorina con la voce squillante li chiamava scandendo nome e cognome come nelle sale d'attesa dei dottori.

Lo seguì.

Lo fece senza pensarci: le sue gambe si misero a camminare da sole. Non sapeva per quale motivo, non aveva intenzione di parlargli, come non aveva nessun altra intenzione, nessun pensiero.

Gobbi non aveva l'andatura di qualcuno che stesse dirigendosi verso un posto preciso. Passeggiava. Lento, distratto, sempre con quel muso annoiato, lungo la circonvallazione fermandosi di tanto in tanto a guardare le vetrine dei negozi.

Riccardo, al posto di quell'uomo, si sarebbe messo a saltare dalla gioia, ad abbracciare chiunque. Avrebbe fatto cose che non era abituato a fare, come svuotare il proprio portafoglio tra le mani del primo mendicante che avesse incontrato. La sua gioia sarebbe esplosa come un vulcano, travolgendo il mondo intero. E, invece, questo squallido insignificante ometto passeggiava.

Continuò a seguirlo. Non sapeva fin dove sarebbe arrivato, ma in quel momento non aveva altro posto dove andare. Doveva solo non perdere di vista quella schiena curva.

Costeggiarono il cavalcavia che sarebbe sceso nel grande piazzale con la fermata della linea rossa della metropolitana. Forse Gobbi era diretto lì. E invece, una volta arrivato all'altezza del nuovi palazzi a vetri, cominciò a salire una montagnetta piramidale fatta di terrazze erbose e piantumate. Il colosso verde era uno degli accessi alla lunga passerella sospesa sopra il cavalcavia stradale. Un'opera mastodontica lunga una trentina di metri, in tubolari bianchi e fasci di tiranti come corde di un'arpa.

Riccardo rimase ai piedi della montagnetta ad aspettare che Gobbi attraversasse, appunto, la passerella. Lo vide raggiungere l'ultimo terrazzamento e sparire dietro le piante che coronavano la sommità. Attese ancora ma Gobbi non comparve. Né da una parte, né dall'altra. Dopo altri cinque minuti, cominciò a preoccuparsi.

Cosa diavolo stava combinando Gobbi? Riccardo non era mai salito fin lassù, non sapeva cosa vi fosse, ma viste le dimensioni dubitava che ci fosse un'area nella quale fermarsi, era solo una rampa di accesso alla passerella. Di lì non si andava da nessuna altra parte. L'ansia, un'ansia irrazionale, incomprensibile e ingiustificata, lo travolse. Iniziò a correre lungo il vialetto di ghiaia che si inerpicava a spirale tra i cespugli spinosi. Non sapeva quello che stava facendo, correva e basta.

Ogni metro che saliva, però, cominciò a sentirsi sempre più strano. A un certo puntò udì delle voci, come si trovasse in un luogo affollato e chiuso. Eppure non c'era nessuno oltre a lui. C'erano solo pochi passanti nella strada di sotto, troppo lontani. Le macchine erano tante e in coda, sul cavalcavia e all'incrocio più avanti. Le voci, però, non potevano venire da lì.

Continuò a salire, finché smise di correre e iniziò a camminare. Non ce la faceva più, gli scoppiavano i polmoni. Tra le voci udì chiaramente quella di Lina: «Vai, amore, corri, ce la puoi fare». Subito dopo sentì anche suo padre insieme al nonno, anche loro lo stavano spronando a non fermarsi, a raggiungere la cima.

Era sempre più in affanno, i muscoli delle gambe resistevano allo sforzo indurendosi, il dolore al fianco sempre più insistente.

Incredibile: avrebbe dovuto aver già raggiunto Gobbi. Solo che la montagnetta pareva essersi alzata di centinaia di metri, la spirale non terminava più. Forse quella era la punizione per il suo fallimento: l'ultima prova prima del castigo eterno. Qualcosa gli disse che non era il momento di fermarsi, non poteva tornare indietro. Anche perché alle sue spalle non c'era più nulla: un demone aveva ingoiato la strada che aveva percorso fin lì, e con essa la circonvallazione, la Siemens, gli esaminatori, le agenzie di collocamento, i sorrisi giudicanti della gente che aveva il lavoro, che era felice e poteva fare la spesa, che poteva andare in vacanza e fare progetti per il futuro.

Alle sue spalle non esisteva più nulla, non rimaneva che la cima della montagnetta e, forse, Paolo Gobbi dietro qualche pianta.

«Vai, corri, ce la puoi fare.» Tutti facevano il tifo per lui. Adesso c'era anche l'amico Fabrizio insieme agli altri. Non era chiaro quale fosse la posta in gioco o cosa si aspettassero da lui. Forse doveva solo raggiungere la cima, e lì avrebbe capito.

Arrivò. E finalmente lo vide.

Gobbi era oltre l'ultima curva, a non più di dieci metri da dove si trovava Riccardo. C'era una specie di terrazza con il parapetto fatto in tronchi di legno. Era rivolto a ovest. Da lì si vedeva l'inizio della campagna dopo gli ultimi caseggiati e le torri con le facciate a specchio.

Gobbi era in contemplazione. Si stava godendo il paesaggio. Non lo sentì avvicinarsi.

Avvenne tutto nella frazione di qualche secondo.

Ormai era un tifo da stadio. Le urla degli amici coprivano qualsiasi altro suono, qualsiasi altro pensiero.

Non fu complicato, una semplice spinta. Gobbi cadde per qualche metro finché piombò su una pianta. Riccardo rimase qualche istante a guardare e poi si ritrasse. Non c'era nessuno, nessuno l'aveva visto.

Lentamente tornò indietro. Il sentiero era riapparso, nessun demone se l'era mangiato. Non trovò nessuno ad aspettarlo alla base della montagnetta. Nessuno si accorse che era sceso da quella parte. Attraversò l'incrocio e sparì tra la gente distratta dalla parte opposta del viale.

❧ 5 ❧

Si aggiustò la poltrona, ne regolò l'altezza e quindi premette il tasto invio sul frontale del nuovo desktop. C'era tutto. Ogni cosa era finalmente tornata al suo posto. Ora, come era giusto che fosse, Riccardo Bernini aveva di nuovo un lavoro.

Due settimane dopo il colloquio nel quale si era piazzato secondo, l'avevano chiamato dalla Siemens. Purtroppo all'altro candidato era capitato un brutto incidente. Un'assurda, terribile caduta. Spina dorsale spezzata. Paresi totale permanente.

Gli chiesero se fosse ancora disponibile, e aggiunsero che sarebbero stati felici di includerlo tra il personale coinvolto nel nuovo piano di sviluppo aziendale.

Il giardino dei sogni

✦ I ✦

Daniele Inama detto Fógia[1] era una delle anime laboriose e miti di un paesino che d'estate brulicava di vecchietti e famigliole, e in autunno assumeva le fattezze di una classica landa desolata, non proprio come un paese fantasma da western americano, ma poco ci mancava. Solo in un posto la vita non smetteva di fluire, ordinata e calda, ogni santo giorno, da quasi due secoli: il Bar Centrale. La Val di Non era un mondo di paesini sparsi nelle valli cariche di piante di meli, dove non potevano mancare tre ingredienti fondamentali: il caseificio, vero cuore pulsante di ogni urbanità alpestre, regno del puzzone e della spressa; una cooperativa chiamata Famiglia, per sentirsi a casa anche quando si acquista il detersivo per i piatti, e un confortevole Bar Centrale, dove scaldare il tempo tra sgnappe, scope d'asse e dirette calcistiche paraboliche. Nessuno di questi paesi ha mai potuto vantare un vero e proprio centro (nemmeno il piazzale della Chiesa era mai stato considerato tale), e quindi come surrogato della piazza era stato eletto il bar. A Coredo, perlomeno, c'era un cine-teatro. Peccato aprisse esclusivamente in estate. In posti del genere, tutto accadeva nei mesi caldi: iniziative pseudo-culturali, feste, festival, rassegne enogastronomiche (soprattutto), gite, escursioni, giochi in piazza, giochi nei cortili,

---

1 Fógia: soprannome storicamente associato alla famiglia Inama, originaria delle valli nonesi. Significato incerto, deriva forse da *foga* (fretta), o da *foza* che era una parte del cappuccio. Nella forma *foza* il soprannome si trova fin dal 1350. A Tres, da dove sembra provenisse il primo appartenente alla famiglia Inama, nel 1504 viveva un Bartolomeo detto Foza (il soprannome poi divenne cognome). Il soprannome appare in tempi recenti in un documento del 1794.

giochi nelle pinete. Poi d'incanto, a fine settembre, il paese e la sua gente entravano in letargo fino all'anno successivo.

Tuttavia, anche quel pomeriggio, Fógia non si fece vivo al Centrale. Qualcuno aveva cominciato a chiedersi cosa gli fosse successo. Non era proprio sparito, a lavorare ci andava tutti i giorni, come sempre. E anche alla Santa Messa, la domenica alle dieci e mezza, non mancava mai. Solo che appena ricevuta la benedizione, Fógia scappava a casa senza salutare nessuno. Qualcosa, decisamente, non andava.

Daniele Inama detto Fógia era speciale. Tutti sapevano che era un ragazzo schietto, sereno, e ben educato. Che, nonostante tutto, era anche un gran mulo sul lavoro, come la maggior parte della gente nata oltre i cinquecento metri d'altitudine. Nelle cose pratiche, anche nei mestieri di casa, non si risparmiava, era bravo, sapeva fare un sacco di cose, riparare, inventarsi attrezzi con vecchi ferri e legni, di tutto. Qualche problema in più ce l'aveva quando gli toccava ragionare con gli altri su qualche problema, o semplicemente scrivere, leggere, o fare di conto, allora andava in corto circuito. A scuola, tanti anni prima, aveva sentito una delle insegnanti usare l'espressione "deficit dello sviluppo cognitivo". Dal tono col quale l'aveva detto, Daniele aveva capito che non doveva essere una cosa molto bella.

E difatti nessuno si era sorpreso quando, qualche anno prima, arrivato per inerzia alla licenza media, Fógia aveva annunciato tutto fiero che si sarebbe unito alla squadra di Lorenzo Eccher, nei campi di mele della Val di Sole. Aveva combinato tutto da solo e per un quindicenne di almeno novanta chili impennati per un metro e ottanta, con due padelle da pizza al posto delle orecchie, i denti da roditore, lo sguardo assente, pareva già una conquista.

Le alternative non erano molte. I gnoci, i ragazzi di Coredo, avevano solo due vagoni sui quali salire: diventare pomari, e quindi finire a sgobbare nelle terrazze coltivate a mele (visto che alla segheria non prendevano più nessuno da un pezzo) o continuare gli studi in qualche grande città, che poi era un viaggio senza ritorno, considerato che tra le valli servivano a ben poco i pezzi di carta.

I compagni di Fógia erano quasi tutti spariti così. Al tempo delle superiori, Fógia riusciva a incrociarli almeno il fine settimana, dopo che i genitori li recuperavano alla stazione di Dermulo. I pochi che avevano deciso di lavorare nei campi si frequentavano un po' più spesso. Lavoravano per padroni e in paesi diversi, ma a fine giornata si facevano scaricare con le ossa a pezzi nella Piazza delle Oche, di fronte alla farmacia; prima di passare a casa si concedevano ancora una sigaretta al Centrale, con i pantaloni e gli scarponi lordi di fango e i camicioni di flanella a quadrettoni che puzzavano di letame. L'odore, però, non centrava niente con le stalle: loro non ci mettevano mai piede. Era roba loro. Erano capaci di rimettersi gli stessi vestiti da lavoro anche per un mese intero senza lavarli. Alla fine, gli stracci esausti, prendevano l'iniziativa e si gettavano da soli in lavatrice.

Di solito si mettevano tutti allo stesso tavolo, mentre i vecchi giocavano a carte dall'altra parte. Solo la sera, dopocena, quando tornavano al bar puliti e pettinati, erano ammessi al gioco e alla chiacchiera. Nei paesi di montagna, i giovani non consideravano roba da sfigati sedere allo stesso tavolo con i vecchi.

Daniele Inama era uno di quelli che al Centrale non mancavano mai. Ci andava anche da solo, a guardare le foto della gazzetta e a scambiare qualche parola con Bettina Agostini, la figlia del barista poco più grande di lui e affetta da un lieve ritardo mentale (da piccola aveva avuto la meningite). Era anche l'unica femmina del paese sotto la cinquantina a rivolgergli la parola. In effetti, la natura non aveva facilitato le cose a Fógia con l'altro sesso e il ragazzotto ce ne metteva del suo per renderle ancora più complicate: c'erano momenti nei quali usciva dal suo normale mutismo e da quella pacatezza quasi farmacologica e diventava insopportabilmente spavaldo e arrogante (con le donne in particolar modo).

Rompeva le scatole, faceva battute una dietro l'altra, esagerava e spargeva imbarazzo. Era convinto d'essere addirittura divertente e lo diceva pure. Perlomeno Bettina lo stava ad ascoltare e non sembrava sforzarsi molto, motivo per il quale si era guadagnata l'esenzione dalle sgrammaticate e malconce avance del ragazzo.

Era stata lei la prima ad accorgersi che l'uomo della pioggia di Coredo era cambiato.

✻ 2 ✻

Tutto era cominciato quando il più giovane della famiglia Inama aveva iniziato a bazzicare il cimitero e soprattutto quando aveva conosciuto Maria Zorle. Ma queste cose, ovviamente, la gente non poteva saperle. E lui si era guardato bene da farne parola con chicchessia, compresa Bettina. Per almeno due ragioni.

Una era che al cimitero Fógia non ci andava a trovare qualche parente. L'altra che Maria Zorle risultava defunta all'incirca trecento cinquant'anni prima. Cosa che si sarebbe potuta verificare tra i vecchi registri dell'anagrafe parrocchiale, se non fossero andati in fumo in un terrificante incendio nella primavera dell'anno 1671.

Prima di allora, Fógia al cimitero non ci aveva mai messo piede da solo. Persino uno come lui sapeva che in certi posti era meglio andarci assieme ad altra gente e preferibilmente in occasione del funerale di qualche vecchio. Si intristiva a pensare a quelli che andavano lì da soli a piangere in ginocchio e a sistemare i fiori e i sassolini bianchi.

Mai gli sarebbe venuto in mente che potesse trasformarsi in un posto divertente. Finché un giorno, così per caso, ci si era trovato dentro a passeggiare. Era rimasto colpito dalle foto e dalle scritte sulle lapidi. All'inizio aveva dovuto leggerle piano piano, lettera per lettera e ripetersele due o tre volte prima di capirle bene. L'avevano, invece, un po' turbato le tombe dei bambini e delle belle ragazze. Forse quando erano morte non tutte erano proprio come le si vedeva nelle foto. Già, perché capitava che i parenti si concedessero il vezzo di sistemare una foto giovanile sulla lapide della cara vecchietta defunta. Fógia l'aveva scoperto calcolando la differenza tra le due date. Non era da lui arrivare a quel tipo di intuizioni e se ne stupì parecchio anche lui.

Dopo quella prima volta, le incursioni al cimitero diventarono più frequenti. Fógia cominciò a rendersi conto che era iniziata un'esperienza che l'avrebbe cambiato per sempre. In quel posto, il suo cervello non andava più in tilt. Anzi, manifestava un'insolita facilità di elaborazione, i pensieri fluivano all'impazzata e raggiungevano terre misteriose e sconosciute, coprendo distanze immense, con la stessa forza dell'acqua tra le gigantesche condotte della diga del lago di Santa Giustina.

In quel pazzesco fluire, Fógia riusciva a pescare davvero un sacco di cose strane, diavolerie che fuori dal camposanto neanche si sarebbe permesso di sognare. Un giorno, ad esempio, si fermò a meditare sul fatto che il cimitero come minimo ospitava tre o quattro generazioni di coredani. Il flusso era continuo: gente moriva e gente doveva essere tolta dalle tombe per fare spazio. Non c'era alternativa. Il cimitero di Coredo non era grande, si doveva fare a turno. Era divertente pensare che la gente che incontrava al mercato, in Chiesa, lungo i sentieri tra i larici in fiore, prima o poi sarebbe finita sotto la terra benedetta. Era affascinato dall'idea che il paese dei morti fosse più popolato e dinamico di quello dei vivi (almeno in bassa stagione). Era un variegato campionario, c'era di tutto: sindaci, monsignori, vigili, macellai, notai, contadini, se ne stavano stretti uno accanto all'altro sorridenti (oddio non proprio tutti), a riposare in santità e a recuperare le forze per chissà quale ricompensa ultraterrena.

La scoperta numero due di Fógia fu la capacità di ricordare cose del suo passato (davvero stupefacente per lui). Tra i primi ci furono i racconti di Emanuele Tamè.

Tamè era un suo compagno di scuola, una sorta di capetto, gran narratore di fregnacce che gli avevano fatto meritare un bel codazzo di leccapiedi e parassiti. Fra le altre cose, vantava uno zio impiegato come guardiano al cimitero municipale di Clés, che manco a dirlo gli confidava un sacco di storie raccapriccianti. Roba di prima mano. Come la faccenda della fornace. Il suo pezzo forte.

Tamè raccontava di aver assistito a una cremazione. In poche parole, un giorno andò a trovare lo zio, e il buon uomo dopo avergli fatto giurare di scordarsi tutto appena fuori dal cimitero, gli aprì lo scuro dell'oblò da dove si vedevano le fiamme. A Tamè, piaceva soffermarsi sui particolari: spiegava che una volta bruciato il legno della bara, si poteva ammirare il corpo con tutti i suoi bei vestiti che si polverizzavano e subito dopo la pelle che si gonfiava, come quella delle rane toro, a bolle.

«Dovevate esserci ragazzi, da non crederci, la testa è diventata così grossa, avete presente quei palloni con la maniglia che ci si salta sopra? E poi in un attimo bum! è esplosa, schizzata. Fischia ragazzi che botto.» Per i più coraggiosi aggiungeva anche il dettaglio che un occhio era schizzato contro il vetro dell'oblò e si era sciolto a due centimetri dal suo naso.

Ma i cari estinti non scoppiavano solo nella fornace. Talvolta l'ultimo che esalavano era molto di più che un semplice sospiro. A suo dire, infatti, l'imperturbabile zietto e l'aiutante gobbo altoatesino Vender (cacchio, era gobbo davvero) di tanto in tanto, erano costretti a riparare i loculi. Il fatto era che i coperchi di marmo saltavano, li trovavano a terra in mille pezzi oppure segnati da profonde crepe. Dicevano fosse colpa delle zincature in offerta: i modelli economici delle bare in zinco non facevano sfiatare bene i gas della putrefazione e nel giro di poco tempo diventavano delle vere e proprie bombe. Di solito, dipendeva dalle dimensioni del corpo e dalla quantità di gas che questo produceva, ma al massimo dopo due o tre settimane se la valvola era difettosa, il superbotto era garantito. Sempre per ricamarci un po' sopra, Tamè, facendosi di colpo serio, rivelava che qualche anno prima suo zio per poco non ci era rimasto secco. La bara di un muratore di Fondo era esplosa mentre lui, beato e tranquillo, stava lì sotto a spazzare: per un pelo la lastra non gli aveva sfondato il cranio, era saltata come un turacciolo dalla terza fila a quasi quattro metri di altezza, e si era fracassata ai suoi piedi. Ne portava ancora le cicatrici su entrambi i polpacci, un vanto tra gli amici al bar Centrale di Clés.

Nel repertorio di Tamè non mancavano gli aggiornamenti sui vari sepolti vivi, anche se dopo averle sentite decine di volte, le cronache dei graffi sui coperchi delle bare o dei tizi che spalancano gli occhi e si rizzano a sedere mentre i becchini gli mettevano il cerone o gli bloccavano il cono sotto il mento, diventarono col tempo meno divertenti.

Fógia non veniva quasi mai ammesso ai circoli letterari di Tamè che si tenevano nei bagni o in fondo al corridoio durante l'intervallo o nelle ore buche. Si avvicinava il più possibile e ascoltava facendosi piccolo piccolo (insomma, per un marcantonio come lui davvero un eufemismo), e faceva finta di pensare ad altro. Gli piacevano da morire quelle storie, perle gettate ai porci rimbambiti che giravano intorno a Tamè.

Erano storie, però, che Fógia aveva quasi del tutto dimenticato, come molte altre cose del resto. Solo il cimitero lo aiutava a ricordare. Adesso se non fosse stato che il tempo della scuola era finito, ne avrebbe avute anche lui di curiosità da raccontare. Anche meglio di quelle di Tamè.

❧ 3 ❧

La prima storia curiosa la sentì una sera d'autunno che aveva deciso che non sarebbe andato al Bar Centrale. Faceva freddo e il buio era sceso presto. La testa gli pulsava come il trattore che quel pomeriggio aveva guidato da solo per la prima volta.

Stava passeggiando tra le aiuole e i mazzi di crisantemi nei vasi di rame. Dopo la solita rassegna di foto, nomi, date e frasette funebri (stavolta si era sbizzarrito a vedere quanti fossero morti nell'anno della sua nascita), gli venne la prima di quella che sarebbe stata una lunga serie di inspiegabili botte di sonno. Strano, non ci era abituato, non si coricava mai durante il giorno. Quella sera al cimitero, invece, non poté resistere: dovette trovarsi un angolino appartato per stendersi. Non voleva che qualcuno lo trovasse sdraiato sotto la fila di lapidi incastonate sul muro di cinta. Si appoggiò di schiena e chiuse gli occhi. Non durò a lungo, fu costretto a riaprirli. C'erano dei rumori. Solo che quando gli occhi si riabituarono alla luce si accorse che non era più al cimitero e il rumore era quello del pentolame in un lavatoio in marmo. La faccia gli scottava per il caldo che veniva da una stufa di ghisa accesa lì accanto. Era seduto in una cucina, davanti ai resti di un pranzo. Poco oltre, una donna di spalle stava sistemando. Non era sua madre. Non era neppure casa sua. Sulle pareti intonacate di bianco (l'unico decoro era intorno al lavello, delle piastrelle con le figurine di donnine intente a falciare il grano) c'erano appesi dei tegami in rame e vecchi attrezzi in ferro e legno. Sulla parete opposta alla finestra, una lunga tenda di lino nascondeva un ripostiglio. Non c'era la televisione.

«Così non possiamo andare avanti, Giùse.»

Era la voce di una vecchia, parlava una lingua strana, ricordava il nonese ma solo nel ritmo, le parole erano diverse. Fógia, però, capiva tutto.

«Lo so.»

Fógia si rese conto che era stato lui a rispondere, che dalla bocca gli erano uscite quelle due parole pronunciate come faceva la donna. Nella mano destra (che ora era raggrinzita e ossuta come quella di un vecchio) stringeva un bicchiere con un fondo di vino. Se lo portò alle labbra e lo finì (ma non era astemio?).

«Cosa vuoi fare?» chiese ancora Fógia vecchio alla donna.

«Dobbiamo decidere insieme» disse lei girandosi con le mani nel grembiule.

Adesso non sembrava così vecchia, aveva i capelli color cenere ma un bel viso tondo con le guance e il naso color fragola. Stava piangendo.

«Oggi ho incontrato la Rina, giù al mercato. Giùse, anche loro hanno dovuto vendere la sveglia d'oro della nonna, gliel'ha presa uno di Tassello, uno che vende roba antica.»

«Noi non abbiamo più niente da vendere.»

E Fógia come diavolo faceva a saperlo? Ma soprattutto: cosa ci faceva lì, chi erano quei due?

«Lo so benissimo (un singhiozzo), non c'è bisogno di ricordarmelo ancora.»

«E allora, cosa vuoi fare, amore?»

«Lo sai, non c'è altro modo.»

Come un burattino senza fili, Fógia si alzò pesantemente dal tavolo e si diresse fin sotto la finestra. Il fiato gli venne da lontano, da un una stanchezza infinita, da una gola ormai secca attraverso i pochi denti anneriti, e spezzato dall'agitarsi umido della lingua: «La prima volta per farmelo piacere mi piazzò sopra un carro, a guardare. Stavo tutto in una cassetta, tanto ero piccolo. Mi disse di mettere a posto quelle che cadevano fuori. Faceva caldo, me lo ricordo come fosse ora, c'erano mele dappertutto. Potendo gliel'avrei detto, ma come? Gli sarebbe venuto un infarto, poveretto. Ma che cavolo potevo farci, a me le mele hanno sempre fatto schifo, lo sai amore.»

«Sì, lo so Giùse» quasi sussurrò.

«Poi, l'infarto gli è venuto veramente ed è stato anche peggio... ho dovuto continuare io quel maledetto lavoro.»

«Sì» che pazienza, quante volte gliel'aveva già raccontato.

«Se avessi potuto scegliere avrei fatto dell'altro, te l'ho sempre detto.»

«Sì, Giùse...»

«Mi dispiace, forse adesso non saremmo a questo punto.»

«Come puoi dirlo?»

«Magari ora saremmo diversi, io sarei un altro tipo di uomo, che ne so uno con le mani e le unghie pulite, uno con addosso roba decente.»

«Amore, non importa più adesso, davvero.» Si mise di fianco a lui davanti alla finestra. «C'è rimasto solo il tempo di fare quello che dobbiamo fare, e basta. È per loro, lo sai, hanno bisogno della casa, dei soldi.»

«Della casa...»

«Sì amore, la venderanno e con i soldi potranno pagare tutto, e portare il bambino in Svizzera, in quella clinica speciale, ricordi?»

«Ah già, la clinica.» Continuò a guardare fuori verso le nuvole che sembravano tante mele sospese nel cielo, tonde e colorate come mongolfiere.

«Sono stanco, tanto stanco. Non ho più forze, le ho consumate tutte. Forse hai ragione tu.»

«Siamo stati fortunati, Giùse, la nostra vita l'abbiamo fatta, non possiamo chiedere di più.»

Fógia cominciava a sentire troppo caldo. Solo in quell'istante, sentì che l'involucro rattrappito del vecchio gli andava stretto. Cominciava a capire cosa avevano intenzione di fare quei due derelitti e non voleva rimanerne coinvolto. Voleva uscire, scappare, uscire come una farfalla da quel guscio e volare via.

Solo che non aveva alcun controllo su quel guscio.

«Amore, dobbiamo decidere quando farlo» disse infine la donna, «dobbiamo deciderlo insieme. Io sono pronta».

Avvenne tutto nel giro di pochi secondi, come in un film. Alla fine, sentì le gocce sul viso e si ritrovò di nuovo rannicchiato nel cantuccio del giardino, più stanco di prima. Aveva cominciato a piovere. I due vecchi che aveva visitato in sogno erano lì davanti a lui, nella foto fissata sul muretto, seduti uno accanto all'altra su una panchina. Sotto la cornice, c'erano i nomi e le date (quella finale era uguale per entrambi) con una piccola frase: «Grazie, per l'eternità».

Nei giorni successivi, ripensandoci, Fógia capì che si era sbagliato ad aver avuto paura, che in fondo era stata solo una specie di visione, che non rischiava nulla, quella gente era morta da tanto tempo, forse volevano solo fargli vedere cosa gli era successo. Doveva essere così, ne era certo: c'erano un sacco di storie fantastiche nascoste sotto terra, bisognava solo essere capaci d'ascoltarle. Lui, per qualche motivo, ispirava fiducia ai morti, che avevano deciso di confessargli i loro segreti.

❦ 4 ❦

Dopo quella prima volta, gli incontri si ripeterono regolarmente, a ogni visita al cimitero. Benché Fógia non avesse mai aperto un libro in vita sua, rimase letteralmente folgorato da quell'antologia a cielo aperto, da quelle storie affascinanti, perfette, limpide, tutte lì a sua disposizione.

Tanto che quando si trovava lontano dal cimitero, lo assaliva una strana malinconia. Le sue nuove abilità svanivano lontano dalla Pieve, non duravano che il tempo di pochi passi verso casa. Come la memoria.

A volte le confidenze duravano giorni. Intendiamoci, non è che Fógia rimanesse al cimitero per tutto quel tempo. Aveva trovato il modo di mettere il racconto in pausa e di riprendere la volta successiva esattamente, da dove l'aveva interrotto. Lo stratagemma era un po' rudimentale, ma funzionava: si era procurato una piccola sveglia da viaggio, di quelle con dietro la levetta dell'allarme. La puntava sull'ora nella quale doveva svegliarsi e il gioco era fatto.

Era suppergiù il meccanismo di un videoregistratore. Quando arrivava nel giardino, si metteva comodo vicino alla tomba che gli interessava e si appisolava con la sveglia in tasca. Alla fine la suoneria scattava, la visione si spegneva e lui tornava a essere il solito Fógia con le solite e banali faccende quotidiane.

Non tutte erano storie strane come la prima. Anzi, la maggior parte di quella gente aveva avuto una morte piuttosto banale e ordinaria, forse come la vita che l'aveva preceduta. La gente di montagna, quella di una volta almeno, non era avvezza a troppi voli di fantasia, non se li poteva neppure permettere. Lavorava duro per decenni e alla fine si spegneva consunta dalle fatiche e dai rimpianti. Gli unici vezzi che si concedeva erano lo scaldarsi in una casa di proprietà e il non dover mai chiedere aiuto o soldi a nessuno. Punto. E ne avanzava, anche.

Come in tutte le cose, c'erano le eccezioni.

Tanto per fare un nome, c'era Alberto Zanon, l'anima senza corpo che da decenni non si dava pace, volteggiando e svaporando sopra la tomba di famiglia, accanto al mausoleo dei Conti Widmann.

Alberto non riusciva a riposare perché i suoi resti mortali non erano mai stati ritrovati. Dopo lunga sofferenza e attesa, un giorno la famiglia ritenne di poter chiudere la pratica: fecero incidere il suo nome su uno dei due coperchi della loro tomba collettiva, una doppia fila di consanguinei Zanon (con l'aggiunta di qualche marito e consorte). Era stata costruita i primi anni del diciannovesimo secolo e da allora sorvegliata da un angelo genuflesso dolorante verso le santissime altitudini. Il tutto in un fazzoletto di sei metri quadrati, incorniciato da un basso recinto di ferro battuto. Tutto molto semplice, con solo quattro lumini dorati in perfetto stile funerario anni Settanta. Su di loro e sul resto di quella silente comunità montana, incombeva l'inquietante struttura marmorea dei Widmann, solitaria e aristocratica esibizione di potere temporale. I Widmann avevano commissionato a un artista austriaco la progettazione della loro dimora ultraterrena: un blocco di vetri a specchio e marmo nero con uno stretto portone in ottone, vagamente liberty.

Pareva un lussuoso ascensore, gli mancavano solo i due pulsanti, uno per il cielo e l'altro per gli inferi, a seconda del curriculum dell'anima del morto. Il monolite sarebbe passato inosservato al Monumentale di Milano o al Père Lachaise di Parigi. Qui invece, faceva la figura di una di quelle donne di mezza età impellicciate che vendono quel che resta della loro bellezza agli angoli delle strade e delle piazzette di provincia, magari il sabato pomeriggio, turbando l'aria con rivoltanti fragranze da bancarella. Ma si sa che non è nello schiumeggiare delle onde che si trovano le perle, bisogna andare a fondo, scavare nella sabbia perché è lì che si nascondono i preziosi, tra i gusci incrostati e algosi. Fógia l'aveva capito ed era proprio lì, dentro i tumuli più scuri ed erosi dal tempo che la sera scovava le storie più belle.

E infatti, il finale della vicenda di Alberto Zanon, glielo spiegò il nonno del ragazzo. Fógia, dopo che si era addormentato, si era ritrovato davanti alla cappella della Madonna

Nera, nel sentiero chiamato drial dos, ai piedi del Castello dei Visconti Coredo, e anche quella volta si era ritrovato nel corpo di un vecchio. Non aveva capito chi fosse, forse un amico del nonno di Alberto. Erano entrambi seduti sul muretto davanti alla piccola grotta in cui è posta la statuina, i fiori e le candele votive.

«La gente crede che il mio Alberto sia finito in qualche burrone sbranato dagli orsi.»

«Non è così?» chiese Fógia, non meravigliandosi più per quel tipo di situazioni.

«No. È stato quell'animale di Fonal.»

«Ma chi, quello che hanno raccolto lungo la strada per Taio con la testa fracassata insieme a un paio delle sue pecore?»

«Oh, sì. Proprio lui.»

«E tu come fai a saperlo?»

«Me l'ha confessato Taio prima di morire.»

«Cioè?»

«Ci sono andato con Poldo.»

«Ma chi, il tuo cane? E dove?»

«Eravamo in tanti, abbiamo battuto per giorni tutti i boschi e le scarpate, dalla falegnameria fin su in Predaia. Di giorno e di notte, con le torce e con i cani. Nulla. Alberto sembrava sparito davvero nel nulla. Quando tutti rinunciarono, e persino mio figlio, il padre di Alberto, non ci credeva più, io continuai a cercare da solo, per settimane, tutti i santi giorni, con Poldo, fin dall'alba, su e giù, come un pazzo.»

«E poi?»

«Un giorno siamo arrivati al Malghet, a due passi dalla baracca di Fonal. Non vedo più Poldo, sparito. Dopo un po' lo sento arrivare con in bocca uno straccio. Erano i pantaloni di Alberto. Li aveva tirati fuori da un tronco nella legnaia dei quel porco.»

«E cosa hai fatto?»

«Anche se avevo capito tutto, non mi bastava. Tornai a casa e non dissi niente a nessuno. Alla baracca ci andai di nuovo la sera dopo, con un bottiglione nel sacco. L'animale mi fece entrare sorridendo. Davanti al suo camino gli feci bere tutto il vino. Passammo insieme quasi due ore come vecchi amici, parlando persino di Alberto. Lui disse di essere sconvolto e amareggiato per la scomparsa, di aver partecipato anche lui alle ricerche. Tentò di farmi coraggio dicendo di essere sicuro che prima o poi l'avremmo ritrovato, magari tra le braccia di qualche pastorella. Ci ridemmo sopra. Lo lasciai che non si reggeva in piedi. Dopo averlo salutato, feci finta d'andarmene. Lo sapevano tutti che Fonal quando era brillo non riusciva a tenere la bocca chiusa, iniziava a parlare a voce alta come un matto, anche da solo. Mi sono messo fuori dietro la finestra e ho sentito tutto. Il bastardo ha cominciato a ridere, a prendere in giro me e la mia famiglia, a dire che l'aveva messo in quel posto a tutti, che non l'avrebbero mai scoperto, che se l'era spassata con quel ragazzino, come con tutti gli altri, che ci aveva messo pochissimo a bruciare con la legna secca e il fieno. Rideva, rideva e vomitava. Sembrava l'orco delle fiabe.»

«Madonna mia, e cosa hai fatto dopo?»

«L'unica cosa che un nonno costretto ad assistere al funerale di suo nipote dovrebbe fare. Non sono riuscito a portare a casa le sue ceneri, ma almeno ho avuto la soddisfazione che quel mostro non avrebbe più fatto del male a nessun altro bambino.»

Detto questo, il vecchio si alzò lentamente per baciare con la mano la Madonna Nera, bisbigliò una preghiera e se ne andò senza aggiungere una parola.

Tra la gente viva non avrebbe mai potuto ascoltare cose tanto interessanti e segrete, che forse in pochi conoscevano. Aveva scoperto che Coredo era pieno di luoghi oscuri abitati da ombre e avvolti da ricordi di morte. Era un paese con un'anima profonda che si nascondeva dietro il volto pulito e vezzoso di una fanciulletta alle prime sedute di trucco. L'anima di Coredo era racchiusa in luoghi dai nomi impolverati e fumosi come il Palazzo Nero, il Castel Braghèr o il Campo Cordin; ma anche in percorsi fatati come il Viale dei Sogni o le Contrade della Stregla Longia, del Gromer, del Raut da Ràl, del Ri del Brusadiz. Suonavano come fossero state le Terre di Thror dei libri di Tolkien, ma si trattava solo dell'Anaunia, antica e sperduta landa di pomari.

Accanto al Palazzo Nero, Fógia passava sempre. Era sulla strada per il bar Centrale e per la piazza dove prendeva il pulmino per andare al lavoro. Non faceva più attenzione alla vecchia targa con la scritta Palazzo Assessorile (chissà per quale motivo continuavano a chiamarlo *nero*); aveva anche sentito la storia delle streghe (ah, forse il nero veniva da lì), ma non è che la cosa l'avesse mai incuriosito più di tanto.

La verità gli fu svelata nel corso di una delle sempre più frequenti escursioni serali.

❦ 5 ❦

Riprese i sensi in un capanno circondato da mucchi di legna, attrezzi e un'indefinita raccolta di lordume solido, il tutto avvolto da un pungente alone di muffa e bruciato. Era sera anche lì e da fuori arrivava una gran confusione di gente, una folla che sbraitava in preda a una strana esaltazione. In sottofondo, gli ululati di un cane appena fuori dal capanno che qualcuno aveva legato con una lunga e spessa fune alla parete di roccia, a poco più di un metro dalla sua testa. Fógia non vedeva il cane, era troppo lontano. Ne intuiva i movimenti dagli strappi e dai sobbalzi della fune seguiti dai tintinnii dell'anello.

Si guardò i vestiti e si tastò in volto: era lui, non era finito nel corpo di qualcun altro. L'unica cosa strana era che aveva addosso una specie di tunica da chierichetto ricavata da una tela simile ai sacchi delle patate, con le maniche rinforzate da bracciali di cuoio. Restò immobile non sapendo cosa fare. Poi si ricordò di non aver paura dei cani, si armò di una vanga e s'incamminò seguendo il percorso della fune. La bestia era troppo malridotta e distratta dal corteo, per rappresentare una minaccia. Non si accorse neppure di lui: annusò solo l'aria intorno alla vanga che Fógia si gettò alle spalle una volta al sicuro.

Doveva essere una festa, anche se ricordava in parte la processione della Candelora di febbraio. Qui, però, erano tutti in preda a una strana esaltazione e si accalcavano uno sull'altro. C'erano donne, vecchi e bambini che spingevano, urlavano, si abbracciavano, inneggiando al cielo. Alcune donne anziane, invece, stavano più in disparte, col capo chino, coperto da veli scuri e l'espressione greve. Era senz'altro la via centrale di Coredo, ma le case erano diverse, colorate di bianco e piene di balle di fieno, legna e animali; la strada era tutta pozze, fango, cumuli di terra. C'erano anche fuochi ovunque, piccoli falò e lampade a petrolio appese fuori dagli usci. Qualcuno le aveva tirate giù e le teneva strette in mano mentre marciava. La maggior parte era aggrappata a torce fatte con grossi bastoni fasciati da bende zuppe di nero.

Fógia continuava a sentire quello strano puzzo di muffa e bruciato, ma non erano le torce. Ne trovò una spenta ai piedi di un muretto e l'accese al primo falò. Si tuffò nel fiume di luce e corpi che gli scorreva di fronte. Sapeva che tutta quella gente era morta da chissà quanto tempo. Stavano percorrendo un giro strano, tutto era talmente diverso che faticava a orientarsi. Solo dopo un passaggio stretto tra due case, si rese conto di essere vicino al Palazzo Nero. Era diverso da come lo conosceva, più grande e maestoso con mura merlate. Al posto delle case che lo circondavano oggi, si apriva un grande piazzale scosceso che guardava a valle, verso Castel Bragher. La folla era diretta qui, e si stava lentamente stipando come a un concerto o a un comizio. Restava un'area sgombra al centro di quella calca, una ciambella di protezione intorno a una struttura che non riusciva ancora a mettere a fuoco: era troppo basso e lontano, senza contare le braccia alzate con le torce che gli ostruivano la vista.

Mentre tentava di spingersi più avanti, qualcuno lo toccò da dietro con un bastone. Non era un colpo accidentale, doveva trattarsi di un richiamo perché la cosa si ripeté pochi istanti dopo. Fu costretto a voltarsi, ma non riuscì a vedere chi o cosa l'avesse toccato. Non poteva essere uno scherzo, non lì, non dentro una delle sue visioni. Un richiamo, ecco cos'era. Qualche spettro aveva deciso di mettersi in contatto con lui. La cosa si chiarì lasciando di stucco Fógia: il muro di persone alle sue spalle si aprì improvvisamente (sentì il vento sul collo come se avessero aperto una finestra) lasciando nel mezzo una bambina piccola piccola vestita di bianco, gli occhi come due squarci di buio e le guance segnate da rivoli neri di lacrime. Col ditino fece cenno a Fógia di avvicinarsi. La gente intorno era stata congelata: le voci, i vestiti, persino le fiamme delle torce erano immobili.

Solo il vento, e la puzza che portava, pungeva e faceva lacrimare.

«Ciao, Daniele» disse la voce di bambola.

«Ciao, chi sei?»

«Maria.»

«Cosa sta succedendo qui, Maria?»

«Una cosa terribile.»

«Veramente? Sembrano tutti contenti... non è una festa?»

«Devi imparare a riconoscere gli odori, Daniele.»

«In che senso?»

«Non le senti le loro anime entrarti nei polmoni?»

«Intendi questo puzzo?»

«Sì, Daniele» spalancò le braccia per essere tirata su. «Girati e guarda anche tu.»

Era un po' interdetto, soprattutto perché non si aspettava quelle parole e tanta confidenza da una bambina così piccola. Non si ricordava neppure l'ultima volta che aveva preso in braccio un bambino, forse non l'aveva mai fatto, i genitori non si fidavano di uno come lui. Si girò e questa volta si trovò di fronte un corridoio sgombro in mezzo alla calca, come se qualcuno avesse piazzato delle transenne invisibili. Avanzò con la bambina aggrappata al collo, e sentì che sapeva di buono. Ora la struttura che aveva solo intravisto era lì davanti a lui. Era un enorme barbecue con dieci spiedi verticali distribuiti su due file parallele e conficcati in cima a una collinetta in fiamme, fatta di rami e tronchi. Le pietanze che stavano scoppiettando sopra le braci erano dieci figure umane femminili legate ai pali per il collo, con i piedi e le mani fissati dietro la schiena. Stavano bruciando, come la legna nei camini.

Fu attirato dalla fantasia a fiori del grembiule della donna meno arrostita delle altre (la maggior parte era ridotta a un informe ammasso di carbone): quel poco di indumento che rimaneva era davvero delizioso, coi fiorellini ricamati a sbalzo e il bordo a uncinetto come si usava una volta. Alcuni uomini giravano intorno ai ceppi ardenti, parevano dei canonici e avevano in mano dei grossi crocefissi, altri a cavallo badavano alla folla.

C'era qualcosa di solenne, di sacro in quello che stava avvenendo. La quiete che regnava nello spazio intorno ai fuochi, il silenzio compito di quelle tristi figure, il morbido ondeggiare delle fiamme e il domestico ribollire della brace stonavano con i boati e gli impeti di rabbia che continuavano ad agitare la folla.

Quando anche l'ultima delle donne smise di agitarsi, al centro della scena fecero capolino due nuovi personaggi: un religioso in pompa magna, basso e tondo (a Fógia vennero in mente le botti di Teroldego della cantina vicino a Trento dove andava con suo zio), accompagnato da un altro triste personaggio. Il primo era tutto rosso e oro, con un ridicolo pitale in testa, il mantello istoriato e sulle dita inguantate portava anelli di diamanti e piccole croci. Sembrava un papa.

L'altro era più alto, magro e leggermente gobbo e di rango notevolmente inferiore: indossava due tuniche sovrapposte, quella sotto nera e quella sopra bianca e ricamata. Fu quest'ultimo a parlare per primo: «A Colui che siede sul trono e all'Agnello lode e onore, gloria e impero nei secoli dei secoli. Nell'anno domini 1614, il Priore del Santissimo Tribunale di Giustizia del Principato di Trento, sottoposto al Governo Vescovile dell'Impero di Germania, in accordo con gli onorevoli podestà consiglieri e loro seguito, dichiara compiute le sentenze alla pena capitale, emanate per i reati sovrascritti e poc'anzi enumerati. Si annuncia, quindi, che le spoglie mortali dei condannati rimarranno esposte in piazza per tre giorni e mezzo a partire da ora. Alleluia! Innalzate lodi al Signore Dio Nostro, Re dei Re e Signore dei Signori, la sua volontà si è compiuta. Rallegriamoci ed esultiamo. Amen. Alleluia!»

Lo smilzo arretrò con un plateale inchino e aprì la scena al ciccione. Questo esordì con uno studiato gesto e magicamente ammutolì la folla: era stato solo un semplice agitare l'aria fumosa dall'alto in basso con un movimento lento, appena percepibile, ma potentissimo (pareva volesse farsi baciare l'anello da tutti). A seguire, senza quasi muoversi, puntò l'indice dell'altra mano verso i dieci mucchi fumanti. Dopo una pausa calcolata, lo spostò verso la gente. Sembrava un vigile urbano: Fógia vide che le teste della gente seguivano ogni minimo spostamento del dito. Sentì le gole deglutire e gli stomaci accartocciarsi come camionate di lattine di coca sotto dei cingolati. Quando capì che il suo pubblico era pronto iniziò a declamare: «Con noi siano Grazia, Misericordia e Pace da parte di Dio Padre e da parte di Gesù Cristo, il Figlio del Padre, in verità e amore. Mai più, mai più permetteremo al Signore degli Inferi di lordare le nostre case, di lambire col suo mantello di tenebra i germogli nei nostri orti...» gettò entrambe le braccia, sempre molto lentamente, verso i pali. «Se qualcuno adora la Bestia e la sua Immagine e accetta il Marchio sulla sua fronte o sulla mano, berrà egli il vino del furore di Dio, che puro sta versato nel calice della sua ira, e fuoco e zolfo saranno il suo tormento davanti ai Santi Angeli e davanti all'Agnello.»

Uno degli officianti apparve dietro il suo mantello e gli porse un crocefisso dorato. Lui lo afferrò e lo alzò solenne al cielo. «Temete Dio e dategli gloria, poiché si è compiuta l'ora del suo giudizio.»

«Alleluia!» gridò estasiata la folla (un tuono nella notte).

«Tutte le nazioni verranno e davanti a te si prostreranno quando avrai manifestato i tuoi giudizi.»

«Alleluia!»

«Sì, o Signore, Dio Onnipotente, giusti e veraci sono i tuoi giudizi!»

«Alleluia!»

«La Bestia che era non è più e sta per ridiscendere nell'Abisso. Fratelli, dopo aver portato per decenni tormenti e sofferenze che hanno mortificato le nostre terre, dopo aver impunemente provocato tempeste e morie di uomini e animali, dopo aver complottano per la rovina degli uomini giungendo in volo al sabba col diavolo sul Monte Roen, su queste streghe maledette si è scagliata la giustizia divina.»

«Alleluia!»

«Streghe?» domandò sussurrando Fógia, fissando l'ammasso fumante.

«Le chiamano anche guane, selvatiche» rispose la bambina. «Una, quella là vedi, è la mia mamma.»

«Ma perché le hanno fatto questo? Nessuno li ferma? Sono tutti pazzi, nessuno protesta o dice niente, sembrano contenti...»

«Daniele, questi sono i tuoi padri, è la tua gente, anche tu sei così.»

Si voltò a guardarla negli occhi, mentre la teneva in braccio, minuscola e sorridente, lurida come una cencio da buttare.

«Perché mi dici queste cose?» le chiese.

«Lo so che non è semplice, ma capirai, un poco alla volta. Andiamo dentro, ti mostrerò di cosa è fatto il tuo sangue.»

Non ebbe il tempo di replicare. La bimba indicò le mura del palazzo e tutto cominciò a scorrere verso di loro e a passargli attraverso, come al cinema tridimensionale quando, indossati gli occhiali, ti sembra di stare dentro allo schermo. Fógia non mosse un passo, non ce n'era bisogno, era fatto di fumo: passò attraverso la folla, in mezzo al rogo, ai cavalieri, al priore. Si fermò quando furono all'interno del Palazzo Nero, nella Sala del Giudizio.

Più che un tribunale sembrava la bottega di un falegname o piuttosto una macelleria, considerato l'odore e il sangue che si vedeva in giro. C'erano delle coppie di uomini con indosso lunghi grembiuli di cuoio intorno a strani macchinari di legno o a lunghi e pesanti tavoli. Altre figure, molto più eleganti di queste, avevano morbidi cappelli di velluto e vagavano con espressione seria tra le urla, i colpi di martello sui ceppi, gli schiocchi umidi delle fruste, lo stridere delle corde tese dagli argani. Prendevano appunti sui loro quaderni bordati di rosso con lunghe penne d'oca che intingevano in bizzarri calamai da passeggio (erano delle vaschette per l'inchiostro, alle quali avevano applicato un anello dove infilare insieme l'indice e il medio).

Sui tavoli e sulle macchine erano state legate con spesse funi le stesse donne che Fógia aveva visto prima di fuori tra le fiamme. Erano ancora vive, ma non lo sarebbero state ancora per molto, visto quello che le stavano facendo.

«Perché?» le chiese Fógia alla bambina.

«Le costringono a mentire, a confessare di essere quello che non sono.»

«Che cosa ci guadagnano?»

«Tutto. Hai visto là fuori, è sangue e vendetta quello che la gente vuole e i potenti di queste terre hanno imparato molto bene come serviglieli per cena.»

«Vendetta per cosa?»

«Le accusano di tutti i mali che l'uomo ha sempre dovuto affrontare.»

Non che avesse capito bene, ma continuò a farle domande. «E tu, invece, se quella là fuori è tua madre, cosa farai? Chi si prenderà cura di te?»

«Fra molti, molti anni sarai tu Daniele.»

«Non capisco, cosa vuoi dire?»

Ma la bambina non poteva più sentirlo. Era sparita come la sala del Palazzo Nero, come quel paese perso nella memoria del tempo, come quelle fiamme d'odio e quei gemiti d'anime innocenti. Solo i morti non erano fuggiti. Stavano sempre lì, attorno a lui, sotto la pietra e il terriccio, all'ombra precaria del basso campanile della Pieve vecchia.

Sentì tuonare, doveva fare in fretta, ma c'erano troppe domande alle quali trovare risposta. Forse, stavolta, a qualcuna avrebbe trovato risposta nel mondo dei vivi. Chi diavolo era quella bambina? Cosa voleva da lui? Qualcuno gli aveva parlato del rogo delle streghe a Coredo, era una storia che in paese tutti conoscevano, ma non aveva mai immaginato una dramma simile: il sangue, le torture, la violenza e la rabbia nei volti di tutta quella gente. Doveva parlarne con qualcuno, capire se fosse solo la follia di un incubo o se quell'angelo dalla faccia sporca gli avesse mostrato la verità.

Riguardo alla promessa della bambina di rivedersi, invece, nessuno lo avrebbe aiutato a capire. Poteva solo aspettare. La bimba aveva detto che si sarebbero incontrati di nuovo dopo molti anni ma per, come scorreva il tempo nel giardino dei sogni, avrebbe potuto voler dire l'indomani. Perché aveva detto che lui si sarebbe preso cura di lei? Fògia non sapeva neppure pensare a se stesso.

Le domande erano tante, troppe.

6

Quella sera, a cena, decise che avrebbe posto almeno una di quelle domande. Peccato che il clima non fosse dei migliori. Teresa Mendini, sua madre, aveva la luna storta; Alberto Inama, suo padre, tanto per cambiare si era chiuso in camera con l'emicrania, la cervicale e chissà cos'altro; Silvana, la sorellona, vagava altrove, almeno con la testa, visto che il resto del corpo se ne stava buttato sulla panca in cucina col solito broncio e quell'odioso tamburellare della mano e del piede, che faceva impazzire i due vecchi.

«Dove sei stato tutto il pomeriggio?»

«È sabato, mamma, in giro.»

«Non sei stato al Centrale, vero?»

Le cose cominciavano a mettersi male.

«Non è scritto da nessuna parte che devo andare tutti i giorni al bar. Mi sembra di essere abbastanza grande da poter decidere da solo.»

«Fermati subito ragazzo! Prima di tutto cerca di usare un altro tono con tua madre e poi non mi sembra di chiedere troppo se voglio sapere come passi il tuo tempo fuori da questa casa.»

Era meglio fare un passo indietro.

«Scusa.»

«Come minimo.»

Continuò a spignattare e a dargli le spalle e a Fógia venne in mente l'incontro con i due vecchi nel giardino. La mamma stava evidentemente covando qualcosa, prima o poi avrebbe sbottato. Non ci mise molto.

«Marta mi ha detto che ultimamente ti vedono sempre al cimitero.» Forse per la prima volta la sorella sembrò scuotersi dal suo torpore, scostandosi i capelli dalle orecchie.

«E allora?» brontolò Fógia.

«Ti sembra normale? Cosa diavolo ci vai a fare in quel posto?»

«Niente.»

«Come niente?»

«Beh, che c'è, è proibito? Passeggio e basta, è un posto tranquillo, non faccio niente di male.»

La madre si fermò un istante e si voltò a guardarlo con l'espressione perplessa, ma non disse niente. Era strano Daniele, ultimamente, più del solito. Anzi, la stranezza stava proprio nella lucidità e nella normalità di quelle risposte, alle quali sua madre aveva perso l'abitudine.

Lo guardò e si disse che non sembrava neppure lui. 'Il Signore, Teresa, ti sta mettendo alla prova. Anzi, forse è Daniele stesso la tua prova. Vedendo quello che accade nel mondo, poteva andarti persino peggio. Il tuo bambino non sarà una lince, ma in fondo ha solo quei modi strani che spaventano chi non lo conosce. Ogni tanto si perde, però sta bene, è sano come un pesce. Adesso che lavora è anche più tranquillo, non è più stanco come una volta. La tua più grande preoccupazione è per domani, quando tu sarai troppo anziana e non ce la farai più. Chi si prenderà cura di Daniele? Dovrà fare tutto da solo, non avrà neanche la fortuna di una donna al suo fianco per aiutarlo. Come posso anche solo sperarlo? È vero, Marcella, qualche tempo fa, ti ha raccontato che ci sono coppie di (che brutta parola!) handicappati che si sposano, ma Daniele non è così, il tuo amore non è un mongolo, no. Ha solo le rotelle monelle, come gli diceva Silvana quando erano piccoli. Magari qualche santa donna disposta a sopportarlo si potrebbe anche trovare, non è un cattivo ragazzo sa essere carino se vuole, quando è tranquillo. Di certo è più carino di quello zotico di suo padre che ormai è come se non ci fosse più. Sta male, sta sempre male, è sempre stanco. Poi però riesce sempre a dormire. Tu, Teresa, quando stai male non chiudi occhio, Alberto russa persino. È Daniele il tuo angelo. Stasera sembra fin troppo normale. Se non sapessi com'è, diresti che è come uno dei suoi vecchi amici. Dio santo, l'avresti ucciso, quel maledetto medico di Clès, tronfio, grasso e spocchioso con la schiumetta ai lati della bocca, mentre ti spiegava che non riuscivano a capire neppure loro, che l'avrebbero portato a Trento, che serviva un approfondimento neurologico e altri esami. Era fin troppo chiaro che se n'era voluto lavare le mani scrivendo l'impegnativa per il Centro Medico, e lì era iniziato l'incubo di questa rarissima neuropatia infantile, la malattia senza nome e senza cura che faceva parlare male il tuo piccolo, emettere strani versi, come i neonati, anche se Daniele era andato avanti così fino alle elementari. Specialisti incapaci ti avevano spiegato che era imbruttito non a causa della malattia, ma sarebbe diventato così lo stesso: in famiglia, però, non assomigliava a nessuno. Stasera, però, sembra davvero normale. Troppo. Non è da lui. La cosa non ti rende felice, anzi ti spaventa. Tu sei fatta così, sei sempre pronta a pensare al peggio. Magari non è una cosa grave, chi può dirlo? E se finalmente si fosse svegliato dalla sua nebbia?'

«Senti mamma...»

«Dimmi.»

«Ti ricordi la storia delle streghe e del Palazzo Nero?»

«Signore, Daniele, si può sapere che storie del cavolo tiri in ballo?»

«Per favore mamma, sai se è una cosa vera, se hanno bruciato davvero delle streghe qui a Coredo?»

«Ascoltami Daniele, è solo un brutta favola per spaventare i bambini cattivi, non sono cose vere, sono solo cretinate.»

«No, non è vero!» Silvana si era svegliata dal letargo. Per una volta a casa stavano dicendo qualcosa di interessante. Sua madre fece finta di niente. Daniele, invece, la guardò quasi per incitarla a continuare.

«Non è una favola» disse Silvana «è una storia vera. Le hanno condannate e poi messe al rogo davanti al Palazzo Nero, doveva essere il Medioevo o giù di lì, erano almeno cinque o sei le stregacce. Lo sanno tutti che è successo veramente.»

«No» disse Daniele, tranquillo.

«Cosa no?» gli chiese sorpresa Silvana.

«Non era il Medioevo.»

«Chi se ne frega quand'è stato, e poi tu che ne sai?»

«Era il 1614, di sera, c'era un sacco di gente.»

«Scusa?»

«Sì, e poi erano dieci non cinque.»

«Daniele, per favore, la piantiamo con queste cretinate» disse sbuffando sua madre.

«Le ho viste davvero, sui pali a bruciare. C'era il loro puzzo dappertutto.»

«Non dire scemenze. Si può sapere cosa ti è preso? Sono i tuoi amici del bar che ti mettono in testa queste storie?»

«Non quelli del bar, quelli nuovi.»

«Cioè?» chiesero contemporaneamente madre e figlia.

«Quelli del giardino» disse lui pacifico e subito precisò: «A dire il vero c'era solo Maria.»

Teresa guardò perplessa la figlia che alzò le spalle, lei non ne sapeva niente di quella Maria. Decise che era meglio lasciar perdere per ora. Apparecchiarono insieme.

Fógia aveva così scoperto a malincuore che delle streghe ne sapeva molto più lui, e stava già passando in rassegna tutte le sue conoscenze, per trovare qualcuno al quale chiedere altre informazioni. Non gli venne in mente nessuno tranne Bettina, la sua amica del Centrale: anche lei con le rotelle monelle.

Dopo cena, prima di uscire, sentì addosso una strana agitazione. I cambiamenti legati al giardino l'avevano scombussolato, soprattutto l'incontro con la piccola Maria. Era come se quell'angelo pallido gli avesse dato una scossa potentissima, qualcosa in grado di riattivarlo, di rimettergli in funzione il cervello. Non era proprio una bella cosa da pensare di se stesso, ma gli venne in mente il film di Frankenstein. Si sentiva come se, prima di mettere piede al cimitero, Daniele Inama detto Fógia fosse solo un ammasso informe in attesa della tempesta del secolo, in grado di attivare il macchinario che l'avrebbe strappato alla morte. Il miracolo, per assurdo, era avvenuto proprio nel regno dei defunti.

Si chiese se fosse necessario ottenere tutte le risposte prima di tornare al cimitero, oppure se dovesse cedere all'impulso di correre a sdraiarsi in mezzo ai lumini elettrici e ai ceri rossi.

Alla fine, Fógia decise di fare un salto al Centrale. Si sarebbe fatto una coca: come aveva detto la mamma, era tanto che non ci andava e non c'era altro modo per risolvere la questione.

7

'Maiali. Carogne. Non siete altro che un mucchio di luridi zotici.'

Mamma si sarebbe stupita a sentirla parlare in quel modo, anche se lo stava facendo solo dentro i propri pensieri. Era parecchio che le capitava. Bettina teneva la bocca chiusa e le parole partivano libere, nella sua testa, al sicuro. E comunque quei presuntuosi cafoni se lo meritavano. Lo sapeva molto bene che si divertivano a prenderla in giro. Tempo fa era accaduto in un tavolo fuori in giardino. Lo aveva detto a sua madre e questa si era tolta il grembiule ed era andata a parlarci. All'inizio, avevano tutti la faccia seria, ma alla fine si erano salutati ridendo. Quando era tornata dietro il bancone, le aveva detto che era tutto a posto e che non le avrebbero dato più fastidio. Ma invece non cambiò nulla.

Per fortuna con gli altri clienti non era così. In genere erano tutti gentili e non solo perché era la figlia del gestore o perché era speciale. Bettina faceva bene il suo lavoro. Almeno quel poco che le lasciavano fare: ripulire i tavoli, passare la scopa, prendere gli ordini dei clienti più affezionati. Di certo non le era permesso preparare la roba da mettere sui vassoi, quello no, non aveva il certificato che avevano tutti gli altri che lavoravano al bar; anche la ragazza stagionale albanese, che arrivava a maggio, non lo aveva, ma i bicchieri e le tazze li riempiva lo stesso. Pazienza. Il bar non era la cosa più importante della sua vita. C'erano altre cose che riempivano le giornate di Bettina, come il tombolo e Daniele.

Il tombolo gliel'aveva insegnato sua zia. Ci andava quasi tutti i pomeriggi a lavorare: il cilindro sulle gambe, le dita indaffarate tra i fuselli e la lingua che se ne andava al trotto tra i pettegolezzi e i curiosi ricordi della deliziosa Marta Vedovelli, sorella maggiore di sua madre, oltre che impenitente zitella di famiglia. Era impressionante la quantità di particolari che riusciva a riesumare dal passato: non c'era biblioteca che potesse reggere il confronto con l'archivio mnemonico di quella donna. Un fenomeno, zia Marta.

A ogni modo, Bettina con i suoi merletti aveva riempito la casa e gran parte dei tavolini del bar. Le dicevano che era un peccato che alla gente piacessero meno le cose di una volta altrimenti, col suo tombolo, avrebbe potuto farci qualche soldino. Peccato proprio. Lei sorrideva, col sospetto che quel complimento volesse dire che doveva spendere meglio il proprio tempo.

Ma c'era sempre Daniele Inama. Erano già due settimane che non si faceva vedere. Male non stava, tutte le mattine era lì davanti al bar a prendere il pulmino. Solo che non passava più a salutarla. Non capiva cosa fosse successo, non avevano litigato e lei non aveva detto niente per offenderlo. Magari Daniele era preoccupato per qualcosa e preferiva stare da solo. Daniele non era uno stupido come credevano tutti, la mamma di Bettina compresa. Daniele aveva un testone così, era il suo piccolo uomo della pioggia. Era forte quando prendeva in giro i caproni di montagna, anche se lei doveva trattenersi dal ridere troppo, visto che in fondo erano sempre clienti. Era bello che Daniele fosse suo amico, anche se si confondeva sempre quando gli stava vicino e sembrava più intronata del solito, oltre a diventare rossa in faccia. Ma non le importava. Quello che le interessava adesso, era capire come farlo tornare qui, come sentire la sua voce e i versi che faceva all'improvviso con la bocca e che facevano spaventare la gente nel bar. E non le importava nulla che desse fastidio a mamma e papà, vedeva le facce che facevano tutte le volte che lei e Daniele si mettevano a parlare. Le mancava un sacco. Davvero.

Bettina, però, non avrebbe aspettato a lungo. La sera che Fógia decise di tornare al Centrale, era nella cucinetta dietro la parete del bancone e non lo vide entrare. I clienti assonnati si accorsero della sua presenza qualche istante dopo Bettina, quando i bicchieri caldi dalla lavastoviglie, che lei teneva in mano, si frantumarono a terra. Era stata una magia: solo poche ore prima aveva pensato a lui e ora eccolo lì seduto, con le spalle rivolte alle cornici delle foto autografate dai piloti di Formula Uno.

«Ciao Daniele!»

Lui sorrise. Lei proseguì in direzione dello stanzino delle scope. Cavolo, era la prima volta che rompeva qualcosa, ma il cuore le stava battendo forte forte e, solo per quello, ne era valsa la pena. Che faccia strana però. Daniele sembrava arrabbiato. Era tirato, un po' pallido. Doveva essere davvero malato, ecco perché non era più venuto al bar. Però che tipo: nonostante non stesse bene, non aveva smesso neanche un giorno di lavorare.

«Ciao Betti! Ti siedi un attimo? Devo chiederti una cosa» le chiese a bassa voce mentre l'aiutava a raccogliere i vetri da terra.

«Vuoi bere?»

«No, devo solo parlarti.»

«Ah. Finisco qui, allora.»

Ripulito tutto senza fretta (non voleva lasciare schegge in giro sennò la compativano, dicendo che non sapeva fare il suo mestiere, poverina), si slacciò il grembiule e si mise al tavolo con Daniele.

«Dov'eri finito? Non stai bene?»

«Sto bene, benissimo, ma c'è una cosa che devo sapere, mi devi aiutare.»

«Sei strano. Non sembri tu, parli in modo diverso. Mi fai un po' paura.»

Si sarebbe stupito chiunque: Fógia stava parlando senza pause, senza accenti particolari, senza fare versi con la gola.

Insomma, si esprimeva normalmente: forse per la prima volta in vita sua.

«Non dire cretinate, Betti. Hai presente la storia delle streghe bruciate qui a Coredo?»

Lei annuì ancora più intimidita.

«Ecco, devo capire se è una storia vera oppure se è una delle tante leggende di montagna.»

Bettina deglutì e trovò la forza di dire: «Ma sì, è una vecchia storia, ne hanno parlato anche a scuola. Mia zia ci scherza sempre, com'è che dice? Ah sì, dice che se non sta attenta una come lei rischia grosso in questo paese di *matastré*.»

«Cosa vuol dire quella parola?»

«I *matastré* sono quelli che danno la caccia alle streghe. Perché ti interessa tanto?»

«Niente...»

«Dai, raccontamelo.»

«No, è che...» si guardarono. «Promettimi che non mi pigli in giro.»

«Lo sai che tra di noi non funziona così.»

«Va bene. Maria mi ha portato a vederle.»

«Chi è Maria? Che cosa ti ha fatto vedere?»

«Le streghe bruciare. C'era anche sua madre.»

«Ma dove?»

«Al cimitero, è lì che vado adesso.»

«Ma cos'era un quadro? È dentro la chiesetta? Non l'ho mai visto.»

«No, non è un quadro. Ci sono stato davvero, c'era il fuoco, un sacco di gente, dei tipi a cavallo, e il prete ciccione con la croce.»

«E tu che ci facevi?»

«Niente, stavo lì a guardare con Maria.» La fissò negli occhi per vedere la reazione. Ma Bettina era serissima, anzi stava pensano col labbro inferiore all'infuori. Le si arricciò il naso.

«E com'era?»

«Brutto, c'era un odore terribile. Però non avevo paura.»

«Chi è Maria?»

«Una bambina, la figlia di una delle streghe. Ha detto che ci rivedremo, che dovrò prendermi cura di lei.»

«Ma lo sai che questa cosa delle streghe è successa tanto tempo fa? Lo sai vero, Daniele?»

«Certo. Ma è un po' che vado a trovare la gente nel passato.»

«Davvero? Che bello. Come si fa?» Lo disse senza ironia, era curiosa davvero.

«È un segreto.»

«Allora cosa me lo stai dicendo a fare? Pensavo non avessimo segreti.»

«Sì, cioè, no. Non lo so spiegare bene. Se fossimo là sarebbe più facile.»

«Provaci.»

«Succede quando mi siedo vicino alle foto della gente morta, chiudo gli occhi e poi la incontro.»

«Ti addormenti e la sogni.»

«No, cioè, sì. Non so. La incontro veramente.»

Continuò a rispondere alle domande di Bettina, le raccontò di tutti i morti con i quali aveva parlato, di come stava cambiando, del fatto che non solo la sua testa, ma anche il resto si stava sistemando, aveva iniziato a funzionare alla perfezione. In quei momenti, se si svegliava nel suo corpo, si vedeva più bello, magro, agile, attraente. Poi, quando tornava indietro, le cose cambiavano, ma qualche miglioramento c'era lo stesso.

Alla fine della chiacchierata con Bettina, Fógia se ne tornò a casa spossato. Aveva anche il dubbio ad aver sbagliato ad aver svelato il suo segreto, oltre alla preoccupazione che Maria e le sue promesse prima o poi avrebbero bussato di nuovo alla porta della sua mente.

8

Prima di rivedere la bambina, Fógia incontrò altri defunti. Tra tutti quello che lo colpì di più, fu l'incontro con suor Rachele (anche se lo spavento che si prese con lo spirito di Giacom'Antonio Rodar non fu da meno).

Con Rachele avvenne tutto in modo strano, veloce, caotico. C'era diversa gente, e lui si ritrovò a saltare da un corpo all'altro, come in un film passando velocemente da una scena all'altra, da un punto di vista all'altro. Come se qualcuno avesse deciso che, per capire cosa fosse successo, alla giovane religiosa, Fógia avesse dovuto attraversarne fisicamente tutta l'esistenza. Tra l'altro fu l'unica volta nella quale non riuscì a individuare il posto nel quale si trovava. Certo, doveva sempre trattarsi del Trentino, era in montagna, ma di più non avrebbe saputo dire. Si ritrovò prima nel corpo paffuto e profumato di una nutrice, mentre allattava la piccola Rachele avvolta in un fagotto di raso rosa. Poi nel tailleur elegante di un'insegnate che di fronte alle altre bambine sbigottite urlava e sbraitava verso Rachele in lacrime, in piedi al lato della cattedra. E ancora nella tuta da lavoro di un omone puzzolente (almeno era un maschio) intento a spiare dalla crepa di una porta Rachele con un'altra ragazzina brufolosa che si accarezzavano a vicenda i piccoli seni pallidi e che provarono anche a limonare senza grande successo per il troppo ridere. E ancora nella testa di un tizio tutto sudato rinchiuso in uno studio pieno di libri, in preda alla furia di stampare le tacche in rilievo di un metro di legno sulle chiappe arrossate di una giovine Rachele, stesa supina sopra una specie di trono di velluto. Di nuovo, senza sosta, nel corpo di una donna sdraiata tra l'erba e i rami secchi sotto le fronde d'infiniti sempreverdi, avvinghiata a Rachele che le teneva stretta la mano in mezzo alle gambe. O al freddo, insieme ad altre, a pancia in giù, con la faccia schiacciata sul marmo del pavimento di una cappella e i polmoni pieni di incenso di fronte a un plotone di suore e preti che cantavano e declamavano inni sacri. E infine, Daniele si ritrovò nei panni secchi e stinti di una suora che, con le maniche della veste arrotolate fino ai gomiti, si scostava dagli occhi i ciuffi biondi sfuggiti dal velo, mentre insaponava la schiena lucida e morbida della consorella Rachele, immersa nuda in una tinozza di latta. Fu l'ultimo passaggio a togliergli l'eccitazione montata fino a quel momento. Era di nuovo una suora, ma stavolta si trovava in piedi, di fianco a un'altra che teneva in mano un bastone. Entrambe fissavano a terra il corpo senza vita di suor Rachele, piegato in posizione fetale con il volto spento, colpito dalle luce di una piccola feritoia.

Il nome di Suor Rachele Zitola l'avrebbe letto dopo, su uno dei pochi loculi senza foto nel secondo dei tre giardini a terrazzo del cimitero.

❧ 9 ❧

La seconda passeggiata con Maria fu, invece, decisamente meno movimentata, anche se avrebbe lasciato in Fógia un ricordo più duraturo. Occorre dire che non l'avrebbe neppure riconosciuta, se Maria non avesse preso l'iniziativa. D'accordo, gli occhi e il sorriso erano sempre quelli, ma in poco più di una settimana la piccola trovatella vestita di cenci che Fógia aveva tenuto in braccio, si era trasformata nell'obesa e colorata attrazione di un piccolo carrozzone di fenomeni e acrobati ambulanti. Fógia si era ritrovato in coda per i biglietti insieme a schiere di famigliole vocianti e crocicchi di vecchietti allampanati. Stavolta era senza dubbio una festa, a Clés nella piazza centrale di fronte alla Chiesa di Santa Maria Assunta. Fógia seguì la fila senza porsi troppe domande. Avrebbe capito a suo tempo. Ormai si sentiva una specie di professionista, sapeva esattamente come regolarsi. Anzi, era talmente a suo agio in quelle situazioni che l'unico pensiero era quello di entrare il prima possibile in sintonia con l'ambiente circostante per raccogliere il maggior numero di stimoli.

Avesse potuto scegliere avrebbe continuato per il resto della sua vita a viaggiare a quel modo. Avrebbe preso il volo e non si sarebbe più fermato. Si godette lo spettacolo del circo. Ci furono i numeri di una coppia attempata di acrobati senza attrezzi (lui si teneva in equilibrio sulle mani e lei gli montava sulle anche e poi sui piedi rivolti all'insù); seguì l'entrata in scena di un mangiatore di spade arrugginite che in seguito si diede da fare persino col fuoco (dava l'idea di averci provato molto prima di decidersi a esibirsi in pubblico, considerato il numero di cicatrici e ustioni che gli rallegravano il volto); quindi un rapidissimo e indolore passaggio di un mago (che poi era lo stesso tipo delle acrobazie) per giungere infine alla rassegna degli orrori, il pezzo forte della serata.

Fógia si accorse che, diversamente da lui, la gente intorno era davvero estasiata da quelle meraviglie. Sarà stato perché a quel tempo non dovevano averne visti molti di spettacoli del genere e quel poco doveva apparire strabiliante. Di fatto anche gli orrori non gli fecero drizzare i peli sulle braccia. C'era quello con i baffi più lunghi del mondo legati con dei nastrini di raso celeste; l'uomo lupo che mostrava una poco credibile pelliccia rossiccia (sulla fronte gli brillavano delle sopracciglia nero corvino); il bambino vecchio (ecco, sì, forse questo faceva una certa impressione) con le rughe, le occhiaie, i nei pelosi e il naso da befana. E per ultima, l'immancabile donna cannone.

Dopo un po', Fógia non prestò più molta attenzione. Stava aspettando la fine dello spettacolo e in qualche modo sapeva che era lì per incontrare proprio la donna cannone. Si mise tranquillo, appoggiato a un muretto di fronte ai carrozzoni della compagnia. Dopo che gli artisti scomparvero dalla piazza dietro il fondale, la gente ci mise un po' a sfollare.

Fógia si chiese come mai nei suoi viaggi a volte il tempo scorresse alla velocità della luce e in altre fosse costretto a interminabili, e spesso insignificanti, attese.

Si disse che poteva aspettare, non doveva avere fretta, sapeva che quando si sarebbe risvegliato nel cimitero avrebbe guardato l'ora e come al solito sarebbero trascorsi pochi minuti.

La ragazza scese di spalle sulla scaletta del carrozzone, lentamente, tenendosi con entrambe le mani e spingendo per far uscire i fianchi dalla porticina. Venne sorridendo verso di lui, con una seggiola pieghevole in mano. Ondeggiava. Si piazzò davanti ansimando per la fatica. La sedia scricchiolò sotto tutto quel peso.

«Prima o poi me la farò allargare» disse la donna cannone sistemandosi il seno.

«Che cosa?» chiese Fógia.

«La porta, dolcezza, la porta. Non hai visto che balletto mi tocca fare per entrare e uscire dalla mia casetta?»

«Non ci ho fatto caso.»

«Che carino che sei.»

E fu allora che Fógia capì che la voce prodotta da quella bocca enorme, da quel collo elefantino, da quel petto sterminato e da un diaframma potente come un mantice da fonderia, era la voce della sua piccola amica.

«Sei tu, Maria?»

«Certo dolcezza, ne è passato di tempo, vero?»

«Due giorni, direi.»

«Beh, sì, Daniele, ma per noi qui è diverso.»

«In che senso?»

«È troppo complicato. Non ci pensare, prima o poi verrà il tuo tempo per capire anche questo.»

«Cosa posso fare per te? Mi avevi detto che...»

«Bravo, vedo che non hai dimenticato. Sì dolcezza, pare che tu sia l'unica persona in grado di ricostruire il Cerchio delle Custodi.»

Fógia la guardò perplesso. Maria gli fece cenno di avvicinarsi, lei non ce la faceva a piegarsi in avanti.

«Ci sono cose» sussurrò coprendosi la bocca con la mano grossa tre volte quella di Fógia «che aspettano da troppo tempo di compiersi nel tempo dei vivi, sotto i riflessi del sole e della luna, e che rischiano di andar perdute per sempre.»

«Non capisco. Quali cose? Cos'è il Cerchio?»

«Daniele, dolcezza, devi sapere che molte cose terribili e false sono state credute a nostro riguardo. L'uomo ha sempre tentato di eliminarci, in tutti i modi. Ti ricordi, vero? Da quando ci hanno incontrato, i tuoi simili ci hanno sempre attribuito poteri malvagi, ci hanno descritto come le concubine del demonio, le ancelle degli inferi. Per questo, gli uomini si sono persino inventati figure mitiche alternative a noi, dolci e rassicuranti, ma frutto della paura e dell'ignoranza.»

«Chi, le fate?»

«Vedi che capisci.»

«Se le fate non esistono, vuol dire che ci sono solo le streghe.»

«Non potrebbe essere altrimenti, dolcezza. Noi siamo le Custodi del Segreto, siamo l'unica protezione che l'uomo possieda contro le forze del Male. Con i nostri poteri, che hanno sempre fatto paura, noi tentavamo di mantenere l'Ordine, eravamo e siamo la sola salvezza.»

«Il male però c'è sempre stato, non è che siate servite a molto.»

«Certo, perché in tutto questo tempo il nostro potere è stato quasi completamente annientato. È il risultato di una caccia durata secoli. Gli umani hanno perso la fede negli oggetti occulti, negli esseri che abitano le ombre e le profondità del mare e del cielo. Ed è così che il Male ha potuto dominare, camuffandosi dietro la pelle dei santi e dei falsi eroi, dei profeti di ogni credo, degli idoli di fango e di nebbia e dentro l'anima corrotta di questo minuscolo pianeta.»

La voce di Maria lo avvolgeva, lo scuoteva, lo modellava come lava tra un boschetto di ginepri. Fógia si rese conto che quell'enorme figura, mentre lo sovrastava, lo faceva sentire piccolo e insignificante, perso nella sua ombra come un passero ai piedi di una cattedrale. Ma ancora una volta, non provò alcun timore, non sentì alcuna pressione, si disse che non gli sarebbe dispiaciuto rimanere lì in eterno.

«Ora, prima di salutarci, devo farti vedere una cosa.»

«Devi andare così presto? Ci rivedremo ancora, vero?»

«Certo dolcezza, per chi mi hai preso? Vieni, dammi una mano ad alzarmi. Ecco, mettiti qui di fianco e tienimi forte la mano. Oramai sai come funziona, vero dolcezza?»

Già, lo sapeva. Tutto cominciò a scorrere come l'ultima volta, solo un poco più rapidamente. Fu come volare con i piedi ancorati a terra. Vedeva sotto le sue suole passare campi, cime innevate, laghetti e villaggi.

Gli girò la testa. Strinse la presa sulla mano di Maria. Per un istante, un istante solo, in un angolo alla sua destra, ai piedi di una collinetta, le forme gli ricordarono il profilo di Bettina. Chissà perché. Avrebbe voluto chiedere a Maria dove lo stesse accompagnando, ma non trovò l'attimo giusto per farlo.

Sempre così, dritti in piedi e senza muovere un muscolo, cominciarono ad atterrare. Non si capiva bene dove, visto che sotto di loro c'erano solo alberi. A un certo punto, si materializzò uno spiazzo con un piccolo cerchio di fuochi nel mezzo. Quando furono al livello del prato, Fógia si accorse che non erano fuochi. Erano tredici donne che, con le braccia rivolte al cielo, tenevano sospese in aria altrettante palle ardenti con le mani.

«Dove siamo? Chi sono quelle?»

«Volevo farti vedere che il Male non ci ha cancellato proprio tutte dalla faccia della terra. Qualcuna di noi è sopravvissuta e continua a proteggere il Segreto.»

Aprì l'enorme palmo della mano verso l'alto e una piccola palla di fuoco apparve poco sopra, in sospensione nell'aria.

«Ma, scusa, sono anche loro morte a Coredo? Hanno anche loro le foto nel giardino?» chiese Fógia.

«Non più oramai, dolcezza, è passato troppo tempo.»

Si guardò intorno. Cominciava a fare freddo.

«Perché mi hai portato qua? Cosa c'entro io con voi?»

«Tu sei un Benandante, dolcezza. Guarda.»

«Aspetta, aspetta. Ma cos'è un...»

Non ebbe il tempo di finire la frase. Dovette girarsi a guardare le tredici streghe investite dall'esplosione delle loro palle di fuoco. Si fusero con la luce e ne uscirono in forma di insetti, miliardi di moscerini danzanti uniti in tredici colonne sospese sopra le teste di Fógia e Maria. Era impressionante come nemmeno un moscerino perdesse contatto per la propria formazione di volo. Rimasero in tensione, immobili, senza toccarsi, con le ali invisibili che forsennate manovravano l'aria. Finché d'improvviso le colonne si intrecciarono tutte e tredici, vibrando all'unisono per un istante e poi congelandosi sbiadite in un'enorme colonna di marmo bianco, che subito si fece colonnato, poi tempio e infine, persa oltre i confini dell'orizzonte, la più vasta acropoli che occhio umano avesse mai contemplato.

Fógia, esterrefatto, si voltò. Era rimasto da solo, Maria era scomparsa.

Tornò a guardare il tempio e lì vide apparire di nuovo Maria, tornata bambina, che usciva dal portale centrale con una veste scarlatta lunga fino ai piedi. Aveva uno strano sorriso.

«Daniele, benvenuto nella nostra umile dimora. Non avere paura.»

'Paura? Perché dovrei avere paura?' Allora, Daniele provò a muoversi, ma non ci riuscì. Sentì che qualcosa gli premeva le spalle. Lo stava scuotendo. Un vortice di farfalle (o di moscerini, chi ci capiva più niente) gli stava annebbiando la vista, la testa, tutto. Faceva freddo e si faticava a respirare. Allora la paura cominciò ad arrivare, senza motivo. Con essa il bisogno assurdo di urlare con tutta la forza di cui era capace. Ma non trovò il fiato, e non trovò neppure il suono, alcun suono. Gli sembrò d'essere sott'acqua, di soffocare, di sprofondare. Come quella volta ai due laghi, quando aveva tentato di salvare suo cugino Antonio e per poco non l'avevano messo anche lui ad asciugare, cadavere, di fronte alle pile di tronchi della vecchia segheria.

Si svegliò. Al posto del tetto a punta del campanile, gli apparve un faccione con le bolle di saliva agli angoli della bocca. Era Bettina. Aveva l'espressione preoccupata ma forzata, un po' teatrale come faceva lei di solito per farsi capire meglio, come i clown.

«Daniele, stai bene?»

Era ancora sott'acqua. Vedeva tutto appannato. Si accorse di aver pianto.

«Stai bene?» ripeté Bettina.

«Boh» riuscì solo a dire, balbettando.

«L'hai vista?»

Fógia annuì.

«Ho volato sul mondo con la donna gigante, fino al bosco delle streghe coi fuochi: ho visto un posto pieno di colonne. Maria mi ha fatto un po' paura, ma non so perché, io sono un Benandante, ho visto la dimora della bimba, mi ha detto che le streghe sono buone, nel cerchio, ho visto moscerini, tanti moscerini.»

Bettina non capiva. Sapeva solo che voleva tornarsene a casa. «Vieni, Daniele, andiamo. È tardi.»

Lo aiutò ad alzarsi. Una volta in piedi, Fógia tornò quasi subito a essere il Fógia che Bettina conosceva. Non disse nulla, però. Lo spinse per farlo uscire dal cimitero. Gli avrebbe chiesto poi.

⚜ 10 ⚜

«Perché non parli con don Paolo» le suggerì Marta.

«Cosa vuoi che mi dica?» sbottò Teresa.

«Non so, potrebbe almeno tentare di parlare con Daniele.»

«E se, invece, provassi a parlare con quella ragazzina?»

«Chi, Bettina? Quella del bar? Non penso ne caverai molto.»

«Ma dico io, proprio con quella doveva fare amicizia?»

«Lo sai, a volte, tra di loro...»

«Lui non è così» le si era incrinata la voce, si mise a sedere con lo sguardo fisso a terra «dovresti sentirlo adesso, parla che sembra un professore, le cose che dice, da sveglio e anche quando dorme.»

«Non hai paura?»

«Di cosa, è mio figlio» rimasero un istante a fissarsi.

«Scusa.»

Marta le si avvicinò per toccarle la spalla, ma lei si tirò indietro.

«No, scusa tu, hai ragione. Quello che mi spaventa è quando non lo capisco, quando usa il dialetto.»

«Il nonese?»

«Sì e no, alcune parole le capisco altre sono arabo.»

«Ma cosa dice?»

«È tutto confuso, qualche nome, frasi senza senso, solo una cosa la ripete in continuazione» si grattò nervosa il naso, il mento e gli occhi, non sapeva come continuare «in continuazione...».

«Cosa?»

«Non è che sono proprio sicura di aver capito bene...»

«Cosa? Dimmi, non ti preoccupare.»

«Parla sempre di streghe.»

«E allora, cosa c'è che non va?»

«E che ne so, dice che le incontra, le vede, che sono così, che parlano così, non so. Ti pare normale?»

«Non so. Non mi sembra tanto grave però. Sai, c'è qualcuno che ci crede a quelle cose.»

«A cosa?»

«Alle streghe, ai demoni... Tu no?»

«Ma sei matta? Mi dà fastidio anche solo sentirne parlare.»

«Però, una volta ci credevano tutti. Erano storie che i vecchi raccontavano vicino al fuoco per spiegare le cose della vita ai piccoli.»

«Sì, ma erano solo favolette.»

«Però servivano. E poi...»

«Cosa?»

«Non vorrai negare che cose strane, inspiegabili e magiche accadono da sempre, a me piace pensare che esista qualcosa d'altro oltre a quello che vediamo noi. Magari tuo figlio lo ha trovato.»

«Sarà tutto quello che vuoi, ma a me non piace, c'è qualcosa che non va in Daniele.»

Ed è stato così che, un po' a malavoglia, Teresa Mendini, qualche giorno dopo, si presentò al sacerdote con cui si confrontava più volentieri, con la scusa che doveva confessarsi ed era parecchio che non lo faceva (almeno un mese, un'eternità). Le piaceva confessarsi da don Paolo. Quei dieci minuti tra i fumi degli stoppini e il puzzo di incenso nella Chiesa

Maggiore di Coredo, con le gambe che le bruciavano piegate sull'imbottitura di finto cuoio dell'inginocchiatoio dell'Armadio dei Peccati, erano il giusto tormento per i peccati di fede che riusciva a collezionare ogni quindici giorni, il prezzo per godere della delizia offerta dai toni caldi e rassicuranti della voce di don Paolo.

«Cosa ti rattrista, Teresa?»

«Mio figlio, Padre.»

«Daniele è un bravo ragazzo.»

«Sì certo, però ultimamente si comporta in modo strano.»

«Ha quindici anni, è un uomo, oramai. Nonostante i problemi che ha, forse certi cambiamenti dovuti all'età, Teresa, li devi mettere in conto.»

«Beh, sì, insomma, con lui è sempre come avere a che fare con un bambino. Lo conosce anche lei, Padre.»

«Cos'è che non va?»

«Non so, è strano, dice cose strane, ha cominciato a parlare da solo, e poi...»

«Cosa?»

«Don Paolo, la gente lo vede spesso al cimitero.»

«Non me ne sono mai accorto.»

«All'inizio era solo il sabato e la domenica, adesso lo vedono quasi tutte le sere, don Paolo.»

«E cosa ci va a fare?»

«E chi lo sa. Una signora, la settimana scorsa, l'ha visto seduto sui gradini sotto i vecchi loculi. Sembrava addormentato.»

«Beh, magari è un po' originale, ma non mi sembra una cosa particolarmente grave.»

«Dice, don Paolo?»

«Teresa, non hai pensato che magari come tanti ragazzi della sua età sta vivendo la sua prima stagione d'amore?»

«In effetti, parla sempre con la figlia di Agostani, non so.»

«Perché no? Senti facciamo così, se non lo incrocio prima, sabato lo vengo a prendere e me lo porto a raccogliere i lamponi per la grappa. Va bene?»

«Sarebbe fantastico. Lei è davvero un angelo.»

«Non ancora Teresa, non ancora.»

❧ I I ❧

Il giorno dopo, non si sentiva troppo in forma. Fógia si accorse che gli facevano male le mani, mentre tentava di legare con il fil di ferro le nuove piante nel campo sotto il gessificio. Anche le gambe non erano il massimo. Tutti gli avevano chiesto se stesse bene e Giorgio gli aveva persino messo la mano sulla fronte, per sentirgli la febbre. Ma lui non stava così male, solo che non riusciva a stringere i pugni. E comunque non poteva certo dirgli quale fosse il vero problema.

Era la prima volta che non tornava dal cimitero con una bella sensazione. Certo, poteva anche essersi sbagliato. Magari aveva frainteso quelle immagini. Quali poi? Le colonne, gli insetti, le streghe coi fuochi? Quelle cose le aveva viste con i suoi occhi: c'era poco da sbagliarsi. Certo, poteva anche essersi sbagliato. Ma tanto non era quello: lo sapeva benissimo cosa l'aveva spaventato. Era stata Maria.

E poi, un poco, anche Bettina. Cacchio, vedersela lì accanto con le sue facce strane e il fiato da arance marce, non era stato il massimo. No, davvero.

Anche Maria era strana. Oramai l'aveva capito: Maria era una strega, di quelle che volano. Ma non sembrava cattiva, aveva la faccia buona. Forse era stato il modo strano con cui si era trasformata ad averlo spaventato. Perché avrebbe dovuto mentirgli? Lei aveva bisogno di lui, gli aveva detto che lui era un Benandante, qualunque cosa volesse dire. Loro erano le Custodi e a quanto pareva avevano perso il loro potere. Era chiaro oramai che lui le avrebbe aiutate a recuperarlo.

Già. Era per quello che lui era un Benandante. Dopotutto, se lo sarebbe dovuto aspettare. La gente l'aveva sempre considerato speciale, anche se molti solo per prenderlo in giro.

Fógia sapeva benissimo di sembrare un handicappato. Qualche tempo prima di scoprire le bellezze del cimitero se ne stava persino convincendo. Ora, però, c'era qualcuno che aveva bisogno di lui, che aveva capito chi fosse veramente Daniele Inama e quali poteri possedesse.

Proprio quello poteva essere il significato della sua stramba esistenza. Nella vita doveva apparire come una specie di goffa larva, ma nel cimitero, in compagnia dei morti, si trasformava in una bellissima farfalla.

Avrebbe fatto di tutto per poter diventare farfalla anche nella vita reale: fosse stato solo per un istante.

❧ I 2 ❧

La stessa sera della confessione con la madre, Don Paolo si imbatté in Fógia. Il prete non andava spesso nella chiesetta del cimitero, la vecchia pieve dell'Invenzione della Santa Croce. Abitava e officiava nella grande Chiesa del Ritrovamento della Santa Croce, quattrocento metri più a valle. Don Paolo apriva la chiesa vecchia cimiteriale solo per rare funzioni speciali.

Quella sera, neanche a farlo apposta, era la ricorrenza di San Paolo della Croce. In programma, dopo una breve preghiera, era prevista l'esibizione della corale di Taio. Inizio alle nove, appena dopo il telegiornale della sera.

Don Paolo decise di uscire prima senza aspettare la pagina di cronaca. Risalì fino al Palazzo Nero. Salutò Serafino che come al solito se ne stava di vedetta sul balcone con il suo grembiule blu per nascondere la sacca del catetere. Passò oltre la vecchia sacrestia a passo lento, notando il suono dei tacchi dei propri mocassini blu notte sullo sterrato ai bordi della carreggiata. A quell'ora erano ancora tutti a tavola, escluso Serafino, o in poltrona a fumare.

La pulce che la signora Inama aveva messo nell'orecchio di don Paolo, fece il suo sporco lavoro: invece di dirigersi al portone d'ingresso, svoltò a destra nel cimitero. Ci mise un po' a trovarlo, nonostante la mole. Daniele si era seduto in modo da confondersi con la lastra di marmo nero della lapide alla quale era appoggiato. Dopo aver guardato lungo il muro dei vecchi loculi e nelle terrazze, Don Paolo l'aveva visto nel giardino dei Rizzardi. Aspettò qualche istante, ma Daniele non si mosse. Simulò un colpo di tosse, ma niente.

«Daniele» provò a sussurrare «tutto bene?». Ancora niente. Gli venne il sospetto che il ragazzo stesse male perché, anche nel caso si fosse assopito, avrebbe dovuto sentirlo. Scavalcò il cancelletto e gli toccò la spalla.

«Tutto bene, Daniele?» ripeté, alzando la voce.

Fece il giro per guardarlo di fronte. Capì solo allora che c'era qualcosa di strano. Daniele aveva gli occhi spalancati e stava parlando. O perlomeno, muoveva le labbra e la lingua come uno che stesse parlando, solo che non emetteva alcun suono. Gli occhi si agitavano rivolti verso qualcosa o qualcuno che solo lui era in grado di vedere. Don Paolo lo afferrò per le spalle e cercò di scuoterlo, di riportarlo in sé. All'improvviso, come stimolato da quel contatto, don Paolo cominciò a sentirsi strano: il cimitero sembrava girare, i suoi pensieri si fecero sempre più agitati e confusi. Confusi come i ricordi dei mesi trascorsi a Trento dieci anni prima; confusi come i discorsi di Monsignor Leonardi, come le parole della povera Lina Persichetti mentre si rotolava sbavando e tirandosi i capelli ai piedi dell'acquasantiera nella cappella di San Nicolò; come le inquietanti sere in compagnia degli incappucciati nella cripta del Sacro Cuore; come la cerimonia d'investitura a porte chiuse o le lettere di supplica che cominciarono ad arrivare dai fedeli per intercedere a favore delle povere anime dei loro cari. Era certo di essersi lasciato quel periodo alle spalle e invece era bastato un istante e tutto era tornato in un lampo, racchiuso nel luccicare etilico dell'iride di Daniele Inama.

«Non hai scelto tu di essere così e non è possibile rimandare al mittente questo dono» gli aveva detto una delle prime volte Monsignor Leonardi «un esorcista non si può rivelare e dovrà sempre smentire di possedere il potere che ha ricevuto in dono. Anche se le anime sofferenti sapranno sempre dove trovarlo.»

Doveva immaginare che sarebbe stata solo questione di tempo. Daniele non si mise a parlare usando strane voci, a rigurgitare poltiglie verdastre o a levitare. Dopo il sorprendente suono di una sveglia che il ragazzo doveva tenere in una delle tasche del cappotto, si stirò le braccia e sbadigliò sonoramente, come se niente fosse.

«Ciao don» disse tranquillo, alzandosi in piedi.

«Che ci fai qui Daniele?»

«Mi dispiace, c'è qualche problema? Non pensavo fosse proibito.»

«No, no.» Il sacerdote non riuscì a mascherare la sorpresa nel sentire il ragazzo parlare tanto bene. «È un po' insolito vedere qualcuno al cimitero, a quest'ora.»

«Ah, beh, sono venuto solo a fare una passeggiata. È così tranquillo qui.»

«Certo. Non è la prima volta, vero?»

«Mi piace, te l'ho già detto.»

«Sì, ho capito. È solo che prima, lì seduto, sembrava stessi male. Sei sicuro...?»

«Mai stato meglio, donpa.»

«Lo vedo.» Era troppo strano, doveva essere accaduto qualcosa, forse un miracolo, una persona nelle condizioni di Daniele, che non ha mai parlato in modo corretto per tutta la sua vita, non si sveglia un bel giorno e inizia a proferire frasi con una dizione perfetta. Cercò di non sottolineare la cosa per non mettere in imbarazzo il ragazzo.

«Senti, solo una cosa: magari, la prossima volta, non ti mettere così sdraiato sulle tombe. Non per altro, se dovesse arrivare un parente potrebbe avere qualcosa da dire. Non credi?»

«Non ci avevo pensato. Quelli che stanno qua sotto non sembrano molto disturbati dalla mia presenza, non si lamentano mai, anzi la maggior parte mi accoglie con un certo entusiasmo.»

«Di chi parli, Daniele?»

«Di un sacco di gente, donpa. Oramai quelli delle foto li ho incontrati quasi tutti. Adesso vengono a salutarmi anche quelli più vecchi, quelli che non riposano più qui perché è passato troppo tempo e avete tolto le loro tombe.»

«Ah, perbacco.»

Poteva anche andare peggio, si disse il sacerdote. Vedere i morti non aveva mai fatto male a nessuno e, per fortuna, la materia non rientrava nel suo campo d'intervento. Almeno in qualità di esorcista.

«E cosa ti raccontano queste persone?»

«Di tutto donpa. Hanno un sacco di storie strane, qualcuno ha persino bisogno di me. Mi chiedono se posso fargli dei piaceri.»

«Ah sì, e cosa hai dovuto fare?»

«Dipende, non credo di poterne parlare. Sono segreti. Non vorrei farli arrabbiare e che poi smettano di parlarmi.»

«Non ti preoccupare, allora, lasciali tranquilli, dopo tutta una vita di fatiche e sacrifici, se lo meritano in fondo.» Sorrise, Fógia no.

«Beh, se proprio devo essere sincero, non tutti se lo meritano.»

«Immagino, sarebbe strano il contrario. Non sono tutte mele buone quelle che cadono dall'albero.»

«Sì, alcune però sono peggio delle altre, dovrebbero essere schiacciate sotto i piedi.»

«Daniele, ora è tardi e devo andare giù ad aprire la chiesa. Mi piacerebbe se nei prossimi giorni riuscissimo a chiacchierare un po' di queste cose. Ne hai voglia? Ti assicuro che non dovrai tradire i tuoi segreti.»

«Volentieri, magari, mi faccio vivo io.»

«Perfetto, sai dove trovarmi.»

Don Paolo attese che il ragazzo uscisse per primo dal cimitero e quindi si incamminò, sempre più perplesso del cambiamento del giovane Inama. In effetti, la madre non aveva tutti i torti a esserne preoccupata. Forse era stato davvero un miracolo, possono avvenire, e uno come lui dovrebbe essere il primo a crederci. Ma di così evidenti, di così potenti, non ne aveva mai visti. Ma quell'incontro non avvenne come don Paolo si era immaginato. Era importante rivedere Daniele al più presto, verificare anche se quell'apparente miglioramento fosse definitivo e non fosse accompagnato da altre bizzarre mutazioni.

Solo che pochi giorni dopo, l'incontro con Daniele non andò come don Paolo si era immaginato. Anzi, più di ogni altra cosa quei pochi istanti che avrebbero trascorso insieme, sarebbero diventati uno dei suoi peggiori rimorsi.

❦ 13 ❦

Tutto cambiò dopo il successivo viaggio di Fógia nel mondo di Maria Zorle. Fu in quell'occasione che capì il significato della parola Benandante, o almeno quello che Maria volle fargli sapere, la sua versione delle cose, per lui anche l'unica possibile.

A complicargli un po' le cose, però c'era Bettina che aveva cominciato a fargli delle storie incredibili. La sua amica era scettica, moltiplicava domande e dubbi. Avrebbe voluto vedere con i suoi occhi quella stramba realtà che arrivava dal sottosuolo. La capiva in fondo. Lei voleva partecipare, esserne parte, fondersi con Daniele in quell'estasi di sogno. E allora lo provocava, cercava di metterlo in crisi, di instillare il germe del dubbio nell'entusiasmo che aveva trasformato il suo amico preferito in un eroe. O almeno era lei a vederlo così.

Chiunque altro avrebbe tentato di spiegarle che da che mondo è mondo, gli eroi sono sempre stati personaggi ambigui, oscuri, fatti di quella stessa melma nella quale affondavano dando la caccia ai loro e ai nostri mostri. Sono essi stessi mostri, alieni, esseri senz'anima che strisciano e si nascondono nelle dimore degli spettri. Abitano le fiamme degli inferi, volteggiano attraverso gli incubi degli insonni. Sono insetti guerrieri con arti d'acciaio, mantelli come ali e cappelli di pelle di drago su occhi di serpe. Sono sbirri malvagi, assassini sanguinari, col volto e il corpo segnato dalle lame della morte. Sono reduci malati, folli sicari che danzano etilici al macabro passo dell'umano terrore. Le avrebbe potuto suggerire che proprio per questo, forse, la nostra specie li ha sempre ammirati, invidiati, idolatrati, invocati, temuti. Avrebbe potuto farle notare che proprio per queste cose, pensando alle imprese di Daniele Inama detto Fógia, bislacco pomaro della Val di Non, tutto sarebbe venuto in mente fuorché fosse un eroe mitologico immortale e dannato. Ma lei non gli avrebbe dato retta. Daniele era il suo eroe, non c'era altro da dire.

Tuttavia, Fógia ne era convinto, le cose non potevano cambiare. Aveva provato a portarsi dietro Bettina, si erano seduti insieme come dei putti ai lati della riproduzione annerita di una statua greca. Fógia aveva cominciato quasi subito ad agitarsi come faceva di solito, lei niente. Dopo un po' si era spazientita e si era alzata. Aveva aspettato contro la ringhiera il suono della sveglia.

Il problema era che ci riusciva solo lui. Neppure un secondo e un terzo tentativo fecero registrare variazioni significative. Fógia le promise che avrebbe chiesto a Maria, avrebbero trovato un altro modo. Anche se, a dire il vero, Fógia aveva avuto il sospetto che quel tipo di esperienze fossero riservate ai Benandanti e che, alla luce di tutto quello, Bettina non fosse una Benandante. Non c'era altra spiegazione.

Fu quando incontrò Maria che dovette ricredersi. Soprattutto quando capì che non ce l'avrebbe fatta a trovare tutto da solo e a soddisfare tutte le richieste dei defunti. Avrebbe avuto bisogno di un aiutante, anche solamente per fare la guardia mentre lui cercava quello che gli veniva chiesto.

Maria non aveva risposto quando Fógia le aveva chiesto se anche Bettina poteva seguirlo nei viaggi del giardino. Si era girata sorridendo verso i gabbiani che volavano sulla scia del battello. Doveva essere una specie di messaggio, forse.

Fu un periodo piuttosto convulso per Fógia, fatto di elenchi mentali delle località dove cercare, di domande e di risposte, della paura di essere fermato o di tradire la fiducia degli spiriti dei morti e delle streghe. A Bettina aveva spiegato tutto: le cose che sapeva, o almeno quelle che si ricordava. Per lei che non li poteva vedere, non fu semplice dare un senso a tutti quei discorsi sul Cerchio, sulle Custodi. Fógia stesso rimaneva perplesso su molte di quelle stramberie. Una di queste era Lista di Maria. Ma in generale, più il tempo passava, più a fondo lui si immergeva in quel mondo, più si inspessiva la spessa patina di segreto, che manteneva ogni cosa unta e inafferrabile, nonostante le nuove e apparentemente illimitate capacità mentali di Fógia.

Tanto per dirne una, i due soci (a Fógia piaceva un sacco l'idea di avere una squadra) ci misero qualche giorno a farsi una ragione del perché le streghe buone gli avessero chiesto di realizzare un mucchietto con la terra raccolta intorno alle sepolture di sette infanti, di versarci sopra il sangue di un animale selvatico sgozzato da loro stessi, di bruciare la stola di un prete, di rompere lo specchio di una vergine e persino di bere le lacrime di una vedova. Sembravano cose un po' troppo macabre e misteriose. Dopo aver discusso, a tratti anche animatamente (Bettina in almeno due occasioni se n'era andata senza salutarlo e Fógia era dovuto correre fino al bar per fare pace), avevano convenuto che per combattere il male talvolta fosse necessario usare le sue stesse armi.

Ci volle poco più di un mese per mettere insieme la maggior parte delle cose della Lista. Furono le lacrime, invece, a metterli un po' in crisi. Coredo era popolato di vedove, non era quello quindi il problema: ma come si faceva a farsi dare le lacrime?

«La gente piange per tanti motivi, Daniele» notò Bettina.

«Tipo?»

«Quando uno è triste, per il fumo, per le cipolle, per la polvere negli occhi.»

«Anche quando si è allegri, forse.»

«Sì, però è più difficile. Potremmo bruciare qualcosa o lanciare in aria della sabbia o roba del genere.»

«Sì, e poi?»

«Che ne so, offriamo alla signora un fazzoletto, questa si asciuga e poi ce lo facciamo restituire.»

«Mah, mi sembra troppo difficile. Dove lo faresti? Non è troppo pericoloso? E se ci scoprono?»

«E allora non so» concluse sconsolata Bettina.

«Se invece gliele tiriamo via con la forza?»

«Scusa?»

«Sì, potremmo farla addormentare e con calma prenderle tutte le lacrime che ci servono.»

«Ma uno riesce a piangere mentre dorme?»

«Non so. A volte mi sveglio con la faccia bagnata, si vede che piango nei sogni. Perché non le strizziamo una cipolla nell'occhio mentre dorme?»

«Urca, dici che non si sveglia?»

«Basta stordirla per benino.»

«Come si fa?»

«Con le medicine di mia madre.»

Ma dove avrebbero trovato una vecchia disposta a ingurgitare una manciata di pillole? L'unica possibilità era farlo al suo bar. Fógia preparò una polverina nel mortaio di legno che aveva a casa. Dovevano metterla nel gelato o in un bicchiere di caffè al latte, in qualcosa che nascondesse il sapore del sonnifero. Caffè al latte, decisero. Per qualche sera parve che nessuna vedova volesse ordinare quella roba. Caffè normale, grappa, tè, cordiale. Sembrava sapessero che nel macchiato c'era qualcosa di strano.

Finché Luisa Massenza, vedova Battisti, finalmente, dopo l'operazione alla cataratta, si sentì meglio e uscì di casa. Da almeno un mese aveva interrotto qualsiasi rapporto col mondo esterno. Il figlio veniva ogni due o tre giorni da Bolzano per vedere come andava, se mangiava, se l'infermiera le faceva visita regolarmente, per controllare la corrispondenza che, per una ragazzina che aveva superato da un po' i settanta, era insolitamente fitta.

Per tutto il tempo che Luisa Massenza rimase nel bar, Bettina e Daniele aspettarono inutilmente i segnali dell'effetto della polverina. Nessun cedimento, nessuno sbadiglio. Fógia arrivò a convincersi di aver sbagliato qualcosa, persino di aver confuso le scatole nell'armadietto dei farmaci o di aver usato roba scaduta. Il fatto era che non avevano considerato che nel sangue della vedova Massenza da parecchio tempo le componenti sintetiche avevano avuto la meglio su quelle naturali. Le molecole che Bettina aveva fatto scivolare nel bicchiere della vecchia stavano lottando con il vigoroso cocktail chimico che la teneva in vita. Ci avrebbero messo molto più tempo del previsto a stordirla.

Bettina non poteva muoversi, era orario di lavoro. Ma non appena la donatrice di lacrime e l'altra giovinetta che l'accompagnava fecero per andarsene, Fógia si preparò e si mise all'inseguimento. Non c'era molta strada da fare, le due abitavano entrambe poco dietro Casa Marta, oltre la vecchia macelleria e il negozio d'artigianato. Fógia risalì dall'altra parte, per non farsi vedere. Superò la panetteria e girò davanti alla tintoria dei Sicher. Prevedendo la lentezza delle signore, aveva già programmato di sedersi su una panchina ad aspettare. Pensò fosse saggio ripassare il piano che in realtà non aveva ancora elaborato, ma non ne ebbe il tempo. La Massenza era più lesta di quanto si fosse immaginato: stava già salutando la sua vicina sullo zerbino di casa. Contò fino a dieci da quando la porta si chiuse e quando la strada fu deserta, corse a bussare sapendo che la donna avrebbe creduto a un ripensamento dell'amica. Così fu. La donna comparve sbadigliando e non ebbe neppure la forza di respingere il ragazzo, che si infilò tra lei e la porta, e neanche si accorse del fiume di parole che la cullò fino al divano in finto Napoleone nel salottino. Si assopì così, con quel ragazzone che le parlava delle macchine per la raccolta delle mele, delle nuove miscele tedesche di pesticidi agricoli, dei prezzi di acquisto del consorzio, dei quintali di raccolto persi con le gelate dell'ultimo inverno, delle chiacchiere dei compagni schiumando Teroldego all'ombra del nuovo trattore svedese. Fógia aveva dato il meglio di sé, le aveva spezzato il fiato e ogni residuo di resistenza. Dopo soli venti minuti, la donatrice russava peggio di suo padre. Nei successivi trenta lui era già fuori e aveva in una tasca il barattolo di vetro delle olive riempito col fazzoletto zuppo, nell'altra i resti della cipolla.

❦ 14 ❦

Dalle casse cantava senza troppa convinzione e talento un cantante italiano, un giovane, sembrava, ma Bettina non ci avrebbe messo la mano sul fuoco. Non era nessuno di quelli che piacevano a lei. Di certo non Marco Mengoni, il suo preferito.

149

Al bar, quel pomeriggio, non c'era molta gente. E di questi nessuno faceva caso a loro due, nessuno li guardava storto, nessuno bisbigliava. Nessuno sembrava sapere quello che Daniele aveva fatto il giorno prima.

«Pensavo peggio» aveva detto lui appena arrivato.

«Ma sei sicuro che nessuno ti abbia visto, che nessuno si ricorderà di te?» gli aveva detto Bettina con un'espressione del volto molto preoccupata.

«Anche fosse, di cosa mi potrebbe accusare? Non saprebbe che dire, prenderebbero la donna per pazza e io non dovrei fare altro che confermare di conoscerla, ma di non aver mai messo piede in casa sua. Punto.»

Bettina oramai si era abituata a sentirlo parlare come un grande.

«Speriamo vada come dici tu, Daniele.»

Andò anche meglio, visto che la signora ebbe una ricaduta della cervicale e per alcune settimane non si fece più viva in paese.

Era tutto pronto. Dovevano solo aspettare la notte di San Giovanni, il 24 di giugno. Ricevute le ultime istruzioni, Daniele e Bettina avrebbero compiuto il rituale di ricomposizione del Cerchio.

Furono giorni strani per Daniele, senza viaggi, senza la Lista. Avrebbe potuto andare a trovare il prete, ma si sentiva un po' in colpa. Preferì evitare. Doveva essere colpa della Lista. Magari gli era sfuggito qualcosa. Don Paolo aveva quegli strani occhi, riusciva a entrarti dentro, ti frugava negli angoli segreti dell'anima. Capiva: non era come con gli altri preti che Fógia aveva conosciuto. A Coredo non c'era nessuno come lui. A parte Bettina. Anche se l'effetto che lei gli faceva era un po' diverso.

Lei gli faceva venire caldo dentro. Nella testa e nella pancia. Non era brutto, era un po' come andare sulla giostra ballerina, quella con i cestelli che ruotano su se stessi e le braccia mecca-niche che li fanno andare in tondo e poi li sbattono su e giù. Gli saliva persino l'acido in bocca, con Bettina. Roba forte, insomma.

Non aveva mai capito cosa ci fosse di sentimentale in tut-to quello. Non che lui sapesse cosa volesse dire, le ragazze non l'avevano mai interessato. E non sapeva neppure se Bet-tina si sentisse anche lei sulla giostra quando era insieme a lui. Di sicuro loro due non si dicevano le cose dolci come facevano in televisione,neppure si davano i baci. Bé, sì una volta si erano quasi sfiorati con la bocca, per sbaglio, però. A quel tempo a Daniele non avrebbe fatto né caldo né freddo. Ora, forse sarebbe diverso, erano diventati più grandi. In ef-fetti, ultimamente la giostra aveva preso a girare molto più rapidamente. Adesso era diventata una giostra per grandi, più pericolosa ma infinitamente più divertente.

Una di quelle sere al bar, aspettando che passasse il tempo e approfittando di un momento nel quale non c'era nessun altro, Daniele glielo chiese: «Anche tu senti la giostra?».

«Cosa stai dicendo? Non c'è nessuna giostra, Daniele. Non c'è mai stata qui a Coredo. A volte le fanno a Clés, an-che il circo, qualche volta pure a Fondo.»

«No, volevo dire un'altra cosa. Quando stiamo insieme, io e te, com'è? Ti piace?»

La domanda la colse un po' di sorpresa e allora iniziò con una delle sue solite sequenze di facce buffe con cui, senza dire una sola parola, gli disse: 'Ma che domande mi fai, ma insomma non è che passare il tempo con te sia questa gran cosa, ma no dai che scherzo, ci sei cascato? Fammici pensare, vediamo, beh, così così, no beh, sì, ammetto che un po' mi diverto, ma che fatica, sai?'.

«Hai capito?» gli chiese, questa volta usando la voce.

«Vedi, la giostra gira più forte quando fai così con la faccia.»

«Mi vuoi spiegare cosa vuol dire la giostra?» Bettina lo chiese sorridendo, Daniele capì che non c'era bisogno di rispondere, bastava che sorridesse anche lui. Poi si alzò senza dire niente e uscì dal bar mentre stavano entrando altri clienti. Non voleva che li vedessero mentre facevano quei discorsi e che magari si facessero strane idee. Non si sa mai dove vanno a finire le chiacchiere della gente, sono capaci di tirarti addosso una slavina con tutte quelle parole, di sommergerti e lasciarti soffocare.

Nei piccoli paesi di montagna bisogna sempre guardarsi le spalle, le orecchie e gli occhi dei curiosi sono dappertutto, si nascondono nella penombra assetati e affamati come lupi. Questo era uno dei pochi insegnamenti di suo padre che si ricordava: 'Fatti i cavoli tuoi, stattene zitto, meno parli e meno la gente ha da parlare di te: meglio dieci risposte non date che cento parole gettate al vento, ricordatelo e vivrai bene e a lungo da queste parti. Il silenzio è oro, figlio mio, oro'. Questa frase gliela tirava fuori come una cantilena ogni volta che veniva a sapere delle sue sceneggiate in giro, anche se era da un po' che non capitavano.

Tornando a casa, Daniele si fermò un istante al cassonetto del cimitero dove la gente buttava i fiori secchi. Si mise ad ammirare i profili delle lapidi alla luce delle stelle. Non aveva programmato di salire fin lì, era stato attirato da un pensiero fisso che lo tormentava dall'ultimo incontro con Maria, soprattutto ora che avevano completato la Lista. Era una cosa che non aveva ben capito e che per questo non aveva detto a Bettina. Ma non riusciva a non pensarci.

Maria aveva voluto che Daniele ascoltasse con attenzione le istruzioni per il Rituale di San Giovanni. Lui aveva tentato di farle notare che non ne capiva niente di quella roba. Ma lei l'aveva bloccato subito dicendogli di non preoccuparsi, che avrebbe saputo ogni cosa appena prima di compierla, che solo lui era in grado di svolgere quell'impresa (forse già solo questa lusinga sarebbe bastata convincerlo) e che lei e le sue amiche sarebbero state sempre al suo fianco.

E poi, Maria gli illustrò le azioni e gli oggetti della Lista. Fu questo che fece sorgere in Daniele qualche sospetto sul fatto che la strega bambina lo conoscesse davvero. Magari aveva sbagliato persona. Comunque, lo portò in una grande dimora e gli fece ammirare la più strabiliante e possente raccolta di opere pittoriche che mente umana avrebbe potuto immaginare. Perse il conto dei piani, delle stanze, dei corridoi, invasi da quadri, arazzi, miniature, bozzetti appesi ovunque sulle pareti, sui soffitti, sulle volte, appoggiati a terra, sui tavoli. A Fógia, che così tanti quadri in una sola volta non li aveva mai visti, parvero infinite finestre spalancate su altrettanti mondi. Maria gli presentò ogni oggetto della Lista, mostrandogli per ciascuno un'opera distinta collocata in ambienti differenti. Talvolta sembrava trovarle con difficoltà, brontolava perplessa quando sbagliava sala, prendeva la mano di Daniele e continuava a correre finché soddisfatta lo piazzava a qualche metro di distanza a guardare il quadro prescelto con le gambe unite e le braccia distese lungo i fianchi. Tutto quello che avrebbe costituito la Lista si trovava in quei quadri: stole, vergini, lacrime, acqua e terra, streghe, bestie selvatiche, ogni cosa immersa in magnifiche metafore, spatolate, punteggiate, realistiche o fantasmagoriche, tutte tracciate da pennelli o dita, in tempi distanti e sconosciuti.

Ma ce ne fu una, una soltanto che lo lasciò davvero a bocca aperta. Anche adesso nel buio della sera, fermo davanti al cancello della Vecchia Pieve, gli pareva di trovarsi ancora in quella stanza scarlatta, tutta velluto e seta, con gli strani divani a forma di esse e le immagini di nudi maschili e femminili, alcuni più espliciti altri confusi, cubici o esplosi. E poi la tela luminosa, anzi infuocata da potentissimi fasci di luce, che progressivamente aveva messo in ombra tutto il resto.

Quella tela.

Fu l'unica che Maria non gli spiegò. La indicò col ditino, abbozzando soltanto un lieve sorriso. Rimasero così per un po' senza aprire bocca. Non era una componente della Lista, di questo ne era certo, era piuttosto qualcosa che si sarebbe dovuto compiere dopo la raccolta e prima del Rituale.

Ma Maria non glielo spiegò: lo capì da solo, proprio come aveva promesso la sua piccola amica. Una di quelle sere, avrebbe portato Bettina nel bosco. E poi, fatto quello che doveva essere fatto, avrebbero aspettato altri tre mesi fino alla notte di San Giovanni, a giugno. Dopo di che, finalmente, avrebbero iniziato a volare insieme alle streghe, fianco a fianco, lui e Bettina. Per sempre.

✐ 15 ✳

Don Paolo si fermò prima di suonare dagli Inama. Doveva riflettere. Calmarsi. Cosa poteva essere successo?

Solo un mese prima aveva incrociato Daniele a passeggio in paese e gli aveva offerto una limonata. Non erano riusciti a parlarsi come si erano ripromessi quella volta al cimitero. Ma l'aveva visto decisamente meglio, sorridente, cordiale, a tratti euforico. Non gli aveva parlato di Bettina, ma era chiaro che doveva essere successo qualcosa tra di loro. Non serviva essere un genio per capirlo. E poi la tragedia.

Prima di entrare in casa di Daniele doveva calmarsi, non poteva entrare in casa loro così. Doveva togliersi dagli occhi l'immagine di quella scarpata. Era così difficile. Si trattava davvero di un incidente come dicevano tutti? Possibile? In quel tratto non c'erano curve, per cadere da lì bisognava girare verso la scarpata di proposito.

Perché mai due come loro avrebbero dovuto fare una cosa del genere? Certo, quello che gli aveva detto il medico dopo l'autopsia avrebbe potuto sconvolgere due menti così semplici. Non era la prima volta che una ragazza ritardata rimaneva incinta. Sarebbe stato tutto complicato, dannatamente più complicato ma non impossibile. Cosa aveva spinto Bettina a salire su quel motorino e a lanciarsi nel vuoto con il padre di suo figlio, a porre fine a tutto in quel modo? Dovevano esser stati spaventati da qualcosa o da qualcuno. C'entravano forse quelle storie del cimitero?

Suonò con la mano tremante. Venne ad aprirgli Silvana, la sorella di Daniele. Secca, sintetica, forzatamente inespressiva lo fece accomodare.

«La sta aspettando di là.»

La madre. Il padre, invece, non era lì. Don Paolo pensò si fosse rintanato in qualche altra stanza, ne percepiva la presenza. La donna stava di fronte alla finestra, in piedi a guardare fuori. Si girò e fece una smorfia come se non l'avesse sentito suonare ed entrare, come se fosse apparso dal nulla.

«Don Paolo.»

Il prete si sedette. La donna si mise di fronte a lui, sulla poltrona.

«Teresa.» Poche parole. Non era il tempo delle parole, quelle sarebbero venute i giorni a seguire, dopo il funerale. Ora don Paolo era lì per ascoltare, per accogliere e dare sfogo alla sofferenza. Nulla di più.

Fu colto alla sprovvista.

«Le devo mostrare una cosa, don Paolo.»

«Sì, va bene.»

La donna si inclinò di lato, oltre il bracciolo della poltrona. Raccolse una grossa scatola con una fantasia a fiori celeste. Don Paolo non l'aveva neppure notata, era di quelle che si tengono negli armadi, per i vestiti. La mise sul tavolino basso che stava nel mezzo, senza aprirla e si appoggiò allo schienale, asciugandosi gli occhi e il naso con il fazzoletto che teneva nel polsino del maglione. Fece cenno a don Paolo di aprire.

Sistemò con attenzione il contenuto sul tavolino.

Libri. Cinque. Un piccolo blocco da disegno e una sveglia.

Le copertine dei libri facevano venire i brividi e gli bloccarono la circolazione in volto: *Manuale di stregoneria, Storia della Magia, Il libro delle streghe, Inquisitori, esorcisti e streghe nell'Italia della Controriforma, Sesso e mito*. Il primo era minuscolo, stava addirittura nel palmo di una mano. Sembravano presi dalla sua libreria segreta, in cantina, quella che non toccava più da anni.

Li ammonticchiò di lato e sfogliò il blocco. Capì subito che Daniele doveva aver ricopiato pezzi interi di quei testi, senza punteggiatura, facendo molti errori. Ogni due o tre pagine, poi, aveva ripetuto infinite volte il nome di Maria, come le adolescenti sui diari di scuola. Dopo le prime righe, tuttavia, Maria non si leggeva più, il tratto pareva trasformarsi in onde, ali, fumo. Altrove si spezzava come la linea di un elettrocardiogramma. Segnava, sulla carta, un battito che nessuno avrebbe più sentito.

Don Paolo guardò la madre di Daniele. Non sapeva che dire.

Lei, però, non parve affatto allarmata. Oramai aveva capito, aveva esaurito tutte le sue domande. Dal volto spento trasparì solo un filo di delusione. Don Paolo se lo sentì addosso quel filo, lentamente lo avvolse in spesse spirali, fino a soffocarlo.

Rosanna Inama si chinò sul tavolino e con cura rimise tutto dentro. Si alzò e si soffiò il naso. Lo stava salutando, e anche condannando al rimorso eterno.

Gliel'aveva lasciato morire il suo Daniele, il suo angelo. Ma non gli avrebbe dato la soddisfazione di piangere di fronte a lui. Non sapeva più niente di nulla, tranne che non sarebbe più andata da quell'uomo e che non avrebbe mai più messo piede in una chiesa. Neppure da morta. Che la bruciassero pure nel giardino di casa e la gettassero nella stessa scarpata dove aveva preso il volo il suo angelo. Non le importava più. Se non fosse stato per Silvana, probabilmente non ci sarebbe stato più nulla a trattenerla. Più niente, adesso che non avrebbe più visto il sorriso del suo angelo.

✦ 16 ✦

Una volta all'interno, Silvana non si sentì più tanto stupida come la prima volta. Sentiva solo un po' di freddo, anche se tutti dicevano che era ancora estate. Si strinse addosso la felpa di Daniele, era enorme su di lei. L'aveva presa apposta, sapeva che le sarebbe tornato utile avere qualcosa di suo fratello. Di solito in quelle circostanze aiuta. Si sistemò tra le due lapidi, facendo attenzione a non rovinare i fiori. Puntò la sveglia e chiuse gli occhi. Aveva imparato a memoria tutte le indicazioni, era tranquilla stavolta. Il viaggio poteva ricominciare.

«Fratellone, eccomi sto arrivando.» Non vedeva l'ora di abbracciare di nuovo Maria, la sua bella nipotina.

Indice